O

MÁGICO

DESINVENTOR

FICHA CATALOGRÁFICA

CIP-Brasil. Catalogação-na-fonte
Sindicato Nacional dos Editores de Livros, RJ.

C874m

Costa, Marco Túlio.
O Mágico desinventor / Marco Túlio Costa. – Rio de Janeiro : Record, [1981].

1. Literatura infanto-juvenil I. Título

J
CDD – 028.5
CDU – 087.5
869.0(81)(024.7)

81-0085

O MÁGICO DESINVENTOR

MARCO TÚLIO COSTA

ilustrações do autor

2ª EDIÇÃO

EDITORA RECORD

Capa de Alberto Garcia

– SEDEGRA-RIO IMPRIMIU –

Para

Suyane Elissa

PRIMEIRA PARTE

EM BUSCA DO FIM DE TUDO

I

Nossa história começa num bairro de uma dessas cidades imensas, imensas e desajeitadas como só as cidades grandes sabem ser. E a nossa história vai por aí afora, por todas as partes quaisquer desse reino.

Nele havia uma praça pequeninha e abismada dentro de uma muralha de edifícios e, por incrível que pareça, existia ali uma casa antiga. De mãos dadas, casa e praça insistiam em resistir à invasão daquele exército de prédios.

Essa pracinha era o refúgio de todas as crianças das redondezas e especialmente de uma turminha, que vamos conhecer daqui a pouco.

A casa, apesar de ser algo tão anormal por ali, não recebia a devida atenção dos moradores. Duvido mesmo que dessem notícia de sua existência. Quando muito, um ou outro achava que ela breve deveria ser demolida, para dar lugar a mais um imenso e mal-humorado prédio de apartamentos.

Entretanto, era uma casa muito especial. E nela morava alguém mais extraordinário ainda. Era a pessoa mais poderosa da Terra.

Era um dia comum, assim com a cara toda cinza e escura de fumaça, quando aquele velho sozinho que morava nessa casa abriu a janela e ficou a olhar uma revoada de crianças, que brincava no coreto daquele pequeno paraíso verde. Ele era o Mágico Hafilazundum Dbum Aipoft Zaptbum Uipuft Dum Gabum Tóim Von Tibum, chamado apenas de Hafilazundunzaptbum pelos amigos mais íntimos. Seu nome foi devido a um tombo de escada que sua mãe levou, aparecendo magicamente com ele, no último degrau do susto.

— Vejam só: nasceu!

Até hoje ele ri, ao se lembrar desse fato. Mas hoje ele não está pra piadas. Olha atentamente a brincadeira de roda, o pique de duro e mole, o esconde-esconde, o salve. Depois, como se acordando de um sonho, sai da janela e vai até a mesa, onde está sua cartola. Olha lá dentro e chama por alguém:

— Como é, Planador? Vai ou não vai sair?

Então, de repente, *vupt!* Salta de dentro da cartola um baita coelho branco. De grandes orelhas, abertas feito um planador, vem pousar no chão, perto do mágico.

— Aqui estou, chefe. Rapidinho.

— Rapidinho... há meia hora estou esperando Vossa Cuniculência.

Planador pulou no colo do seu mestre.

— Desculpe, chefe. Eu estava limpando minhas orelhas e...

— Suas quilométricas orelhinhas!

O coelho coçou a cabeça.

— Algum problema, seu Hafilazundunzaptbum?

O mágico suspirou.

— Desculpe-me o mau gênio, meu amiguinho. É que eu estava pensando sobre coisas seriíssimas. Fiquei chateado. Venha à janela comigo.

Planador sentou-se no parapeito, cruzou as orelhas.

— Está vendo?

— O quê?

— Hoje temos ali a pracinha, as crianças, as brincadeiras.

— E isso não é ótimo?

— Claro, meu cuniculíssimo amigo. Mas até quando? Nada mais resiste a essa invasão de prédios, construções, implosões! Hoje temos esse pedacinho verde, onde as pessoas podem dar bom dia à Natureza, onde as crianças podem se sentir livres. Contudo, quem pode garantir que amanhã não estaremos aqui, aterrorizados e tristes, com dezenas de máquinas a matraquear, a esmurrar, a morder a terra, para destruir esse nosso refúgio?

Planador saltou nervoso sobre o parapeito.

— Eles não ousariam fazer isso, ousariam, chefinho?

O mágico sorriu.

— Eu me lembro de como isso aqui era há uns 100 anos, meu coleguinha orelhudo. Seu tatatatataravô estava comigo na ocasião. Isso aqui era uma imensa fazenda. A cidade ainda não estendia seus braços até aquela esquina do horizonte. A própria cidade era diferente. No começo, apenas umas casinhas fazendo a bainha de ruas silenciosas, por onde as pessoas podiam andar, por onde os meninos se agrupavam e debandavam em correria. Mas depois a cidade começou a crescer para cima. Prédios de cinco andares. Dez, quinze, imensos, trinta, tocando o céu! Uma selva onde o próprio bicho que a construiu mal pode viver, sem sofrer.

Planador murchou as orelhas.

— Puxa... Mas não importa. Agora nós estamos aqui. Não vamos permitir que eles destruam a nossa praça. Quero dizer, o senhor está aqui. O senhor é o homem mais poderoso da Terra! Mas precisando de uma mãozinha é só falar!

— É preciso ser o homem mais poderoso, para continuar preservando esse casarão antigo, no meio de tantos espigões. Isso é que é uma mágica! — piscou para Planador.

— Sim, querido mestre. E que grande mágica! Digna do grande Hafilazundum Dbum Aipoft Zaptbum Uipuft Dum Gabum Tóim Von Tibum!

O mágico sorriu e voltou a observar as crianças, enquanto pensava naquele coelhinho danado de esperto.

Conseguia dizer seu nome sem ao menos gaguejar. Até ele, o grande Hafilazungbumzap... Hazungbumz... Grabumz... deixa pra lá. Nem ele conseguia falar aquele nome direito. Nem importava, agora. Precisava era pensar mais. Estava com uma idéia, que não lhe saía da cabeça.

Queria se aposentar. Estava na flor da idade: pouco mais de oitocentos anos. Mas queria sair num cruzeiro pela Via-Láctea. Antes, porém, queria fazer algo de grandioso. Algo que o mundo inteiro ficasse sabendo. Um presente para os cinco bilhões de habitantes desse planeta. Já pensaram o tamanho do embrulho? E foi olhando ali aquelas crianças que ele tivera a grande idéia.

— Planador!

O coelho segurou-se, para não cair da janela, de tanto susto. O mágico disparou numa andança maluca pela sala. De um lado para outro, bailando entre os móveis espantados. E só sabia repetir:

— Planador, isso vai ser grande!

O coelho vinha saltitando atrás, desesperado e curioso.

— Claro, mestre. Mas o que, mestre?

Até que o mágico parou. Colocou a mão no queixo e coçou a barba. Então, lançou-se num procotó até o baú, no canto da sala, e pegou sua varinha mágica. Vestiu sua flamejante capa e virou-se para o amigo:

— Planador, de hoje em diante não serei mais conhecido por Hafila... Hafilazum... Haf...

— Hafilazundum Dbum Aipoft Zaptbum Uipuft Dum Gabum Tóim Von Tibum.

— Ah, obrigado! Hoje me lançarei à mais monumental, à mais arrojada proeza de todos os tempos. Uma façanha jamais imaginada por qualquer outro mágico!

— Sim, chefinho, claro.

— Vou impedir que esta e qualquer outra pracinha do mundo, que esta casa velha, ou qualquer outra relíquia do passado sejam destruídas pelas garras da ganância. Entendeu?

— Sim, chefinho. Quero dizer, não, chefinho!

— Eu explico: vou desinventar tudo, Planador. Eu vou desaparecer com tudo aquilo que o homem criou para sua própria infelicidade. Compreendeu agora?

Planador fez cara de bobo.

— Ora, meu cuniculíssimo amigo. Existe tanta coisa por aí que atrapalha sua vidinha. Imagine uma.

— Hum... Já sei: chaveiro com pé de coelho! Tem gente que tem coragem de dizer que isso dá sorte!

II

Não muito longe dali, mais exatamente a trinta e dois passos, três palmos, dois dedos e a distância de um suspiro, estava o chefe daquela turminha de que falamos no começo da história. Um menino de onze anos, comprido e esperto, chamado... como é mesmo?

— Piloto-das-Coisas.

— Piloto-das-Coisas. Nome estranho, né?

— É que ele é quem comanda a turma.

— Ah, sim. E você quem é?

— Eu sou o Deputado.

— A gente o chama de Deputado, porque ele tem as taramelas da boca bambas. Fala que só vendo!

— Fala mais que a boca.

— Esperem um pouco. Vamos organizar essa bagunça. Você, quem é?

— Eu sou o Professor Coruja.

— Nossa enciclopédia, moço — explica Piloto-das-Coisas.

— E esse pretinho com a maritaca no ombro?

— Esse é o Meia-Noite.

— O papagaio... papagaio, hem, moço... é o Paparikos Purutakos Patakos Primeiro, descendente de uma nobre família grega.

— Família grega? Nunca ouvi falar de papagaio grego, Deputado.

— É que o papagaio do Meia-Noite fala e ninguém entende. Fala Grego.

— Ah, e falta essa menininha de olhinhos acesos aí.

— Que é que você está fazendo aqui? — perguntou Piloto-das-Coisas.

A turma toda olhou pra ela.

— É a irmã do Marcha-Lenta. Muito Xeretinha.

— Bom, e onde está o Marcha-Lenta?

— O gordo foi buscar a lata — respondeu Deputado.

— Como é?

— É, moço. A gente está brincando de maria-sai-da-lata.

— Sabe como é? A gente bate pedrinha. Quem ficar, vai buscar a lata. A gente joga pra longe. Enquanto ele alcança, todo mundo se esconde. Aí, ele coloca a lata no pique e sai procurando. Quando vê alguém, corre pro pique e bate a lata: um, dois, três pro Deputado escondido atrás do banco! Aí, quem for pego vai ficar preso no pique. E vai juntando. Só que o pegador tem de ser esperto, senão alguém vem escondido e pega a lata: um, dois, três: todo mundo livre! E o pegador continua pegando. Se ninguém conseguir salvar, quem foi pego primeiro vai ser pegador.

Enquanto Deputado me explicava tudo, os outros haviam saído de fininho e foram se esconder, porque Marcha-Lenta já vinha subindo com a lata na mão.

— Um, dois, três pro Deputado conversando com o moço!

Deputado ficou bobo.

— Não vale.

— Ah, que não vale o quê! Está pego.

Deputado saiu meio contrariado para o pique.

— Eu estava conversando com o homem da televisão.

— Não, menino. Espera aí. Eu não sou da televisão.

— Não?! Uai, e quem é você, então?

— Eu? Eu sou o narrador da história. E por falar nisso, é bom ficar aí sentadinho, que tenho de continuar meu trabalho.

Bem, onde estávamos? Ah, ia dizendo que ali na pracinha, não muito longe do antro onde era bolada a ação mais espetacular da história do mundo, brincava uma turminha da pá virada. Eu ia apresentá-la, mas seus membros adiantaram o serviço. E já podemos passar pro terceiro capítulo.

III

Já estava escurecendo, quando Piloto-das-Coisas chegou em casa, para tomar um banho e jantar. Seu pai chegaria em pouco tempo, logo que fechasse seu escritório no centro da cidade. A mãe estava acabando de preparar uns trens na cozinha — ela é mineira e mineiro come trem.

Quando o pai chegou, Piloto-das-Coisas estava na janela passeando com os olhos até os confins da cidade. Lá embaixo, a pracinha dormia, descansando de tantas brincadeiras.

A mãe chamou para o jantar. Quando terminaram, os três saíram para a sala e sentaram-se juntos no sofá, em frente à televisão. Eu disse televisão?

— Marilda, onde está a televisão?

A mãe, ainda surpresa, olhava a mesinha vazia, onde deveria estar a TV

— Uai.

— Uai não. Eu quero ver o *Jornal*.

O pai virou-se para Piloto-das-Coisas, que também não sabia explicar o paradeiro da televisão.

— Como é, meu filho?

— Eu não, pai. Fiquei o dia inteirinho na rua.

— Não brinque, meu filho. A minha novela das sete eu não perco! Nem a das oito. Nem a das dez.

— Eu sei que a senhora adora novela, mãe. Mas não fui eu!

O pai levantou-se preocupado.

— Ora, mas se não foi ninguém, então deu ladrão aqui em casa.

— Que horror!

— Ah, vou contar pra turma!

Piloto ia sair correndo pra espalhar a novidade, quando seu pai o segurou.

— Espere aí, menino. Isso não é hora de sair de casa. Eu vou ligar para a delegacia e dar parte do furto.

Correram os três para o telefone. O pai discou. Ocupado.

— Essa não.

A mãe nervosa. Piloto-das-Coisas impaciente. Queria sair e contar pra Marcha-Lenta, Meia-Noite, Professor Coruja e Deputado o que havia acontecido em sua casa. Era a notícia da semana. O pai tornou a discar. Ocupado.

— Mas não é possível!

— Tente de novo — aconselhava a mãe.

Ele discava. Ocupado.

— Será possível!

— Gente, será que tem tanto assalto assim nessa cidade?

— Necessidade — concluiu a mãe.

Aí, Piloto deu um palpite.

— Vai ver que todo mundo quer reclamar do roubo de sua TV.

O pai riu de nervo.

— Vê se pode. Palpite azedo, filho! Todo mundo. Isso é impossível. Absurdo. Só se o ladrão saísse com um caminhão de mudança, recolhendo televisores.

— É — concordou a mãe. — Um absurdo.

Súbito, toca a campainha. Piloto-das-Coisas atende. Era a vizinha do apartamento ao lado.

— Boa-noite.

— Sua mãe está aí?

— Pode entrar.

— Eu queria o telefone emprestado. Estou tão nervosa. Imaginem o que aconteceu comigo?

— Roubaram a televisão da senhora.

— Pois é. Roubaram...

A vizinha olhou impressionada para o menino.

— Como é que você sabe?!

— Ah, foi só um palpite azedo.

A mãe e o pai vieram ver o que era.

— Roubaram a TV da dona Adelaide também.

— Mentira, é mesmo?!

— Eu queria telefonar para dar parte.

— Ah, minha senhora, isso não vai ser possível. Não atende de jeito nenhum. Eu vou pessoalmente à delegacia do bairro. Pode ser que os telefones não estejam funcionando.

O pai saiu. A mãe e a vizinha ficaram conversando sobre o assunto, procurando consolo para tamanho desastre: iam perder todos os capítulos das novelas daquele dia!

Daí a uma hora o pai chegou. Todos olharam quando ele parou no meio da sala e encarou Piloto-das-Coisas.

— O que você sabe a respeito?

— O que foi que aconteceu? — quis saber a mãe.

— É que ele deu um palpite azedo absurdo que acertou bem na mosca!

A vizinha curiosa:

— O que é que aconteceu na delegacia?

— Estava assim de gente dando queixa. Parece que sumiram todas as televisões do bairro.

— Ora, meu filho não tem nada a ver com isso. Foi só um palpite bobo e sem pé nem cabeça, que estava absolutamente certo.

O pai concordou. Havia perguntado o que o filho sabia só por perguntar. Achava inacreditável o que estava acontecendo. Nem sequer conseguira entrar no posto policial, onde uma agitada multidão se concentrara. Ouviu dizer que nos outros bairros estava acontecendo o mesmo. A cidade estava em pânico: um furto de tal escala era um fenômeno. Ou, como disse a vizinha um furtômeno!

No outro dia, a turma se encontrou na pracinha. Meia-Noite, por ser engraxate, era quem mais sabia das notícias da cidade. Logo que viu Piloto-das-Coisas chegando com o resto do bando, veio contar os disse-me-disse.

— Foi em toda a cidade. Fiquei sabendo que até televisão estragada entrou na conversa. Ninguém sabe o que aconteceu.

Deputado lascou:

— Deviam avisar o FBI.

Professor Coruja entrou na conversa.

— O meu pai me disse que isso vai dar muita dor de cabeça nas autoridades. É um grande mistério. Até as televisões das fábricas evaporaram. Ontem nós conversamos muito sobre o que pode acontecer. Já pensaram?

— Minha mãe quase teve um faniquito, porque ia perder a novela — disse Deputado.

— Eu estava falando de coisas sérias, sô. Muita gente pode perder emprego. Já pensou o povão que trabalha em televisão? O que eles vão fazer?

— Ah...

Marcha-Lenta veio chegando com Xeretinha.

— Arrumou rabo agora, Marcha-Lenta?

Todos olharam Xeretinha.

— Não tem jeito. Eu falo, mas ela não obedece e vem atrás.

— Deixe pra lá — disse Piloto-das-Coisas. — Pensando bem, eu não vou ligar muito pra esse furto não. Achei pouco.

— Você fala assim porque sua TV era em preto e branco...

— Não é nada disso, Deputado. Ontem eu fiz uma coisa muito mais interessante que ver televisão. Fiquei conversando com meu pai e minha mãe até tarde. Eles até se esqueceram das horas. Quando fomos ver, era madrugada. Cada história que eles contaram que só vendo!

— Isso é mesmo — concordou Professor Coruja. — Eu não sabia que meu pai conhecia tantos lugares. Bem dizer conhece o país todinho. Já foi até pro Amazonas! Ele era viajante, quando moço.

Meia-Noite também apoiou. De histórias ele gostava. Não era à toa que era engraxate. Ficar tocando um sambinha no pé do freguês e ouvindo aquelas conversas era o que mais o divertia. Tanta gente diferente nesse mundo de Deus. Mas ouvir o pai e a mãe contar era mais gostoso. Diferente.

Marcha-Lenta estava mais interessado no mistério:

— Escute, pessoal. E o que vocês acham que aconteceu com as televisões da cidade, hem? A gente fica conversando, conversando, e pode ser que alguma coisa muito séria esteja pintando por aí!

Deputado armou uma cara sisuda.

— É, vai ver que os marcianos estão invadindo a Terra.

A turma toda olhou a cara dele, sem dizer nada.

— Uai, e por que não? Onde já se viu evaporar tanta televisão de uma só vez, hem?

Piloto-das-Coisas virou-se pra ele.

— É, pode ser que você esteja certo, Deputado. Vai ver que foi um marciano verde com anteninhas que raptou a televisão da sua casa.

— É — completou Meia-Noite. — E vai pedir dinheiro senão ele devolve aquela TV.

— Um resgate invertido — ajudou Professor Coruja.

A turma toda riu. E ficou conversando sobre o assunto sem perceber que, do outro lado da rua, alguém não tirava os olhos de cima dela.

IV

O Mágico Desinventor estava exultante com sua primeira desinvenção. Ouvira a conversa das crianças lá na pracinha. Agora, mais que nunca, tinha certeza de que sua obra viria para o bem do mundo. Viria principalmente para salvar as crianças daquele futuro negro que ele previa. Ele, o grande Hafilazundum Dbum Aipoft Zaptbum Uipuft Dum Gabum Tóim Von Tibum, estava mudando o curso da História.

Afastou-se da janela e foi até a mesa no centro da grande sala. Ele precisava saber tudo sobre os resultados de sua grande mágica, pois no mundo inteiro — de Formiga, em Minas, a Sidney, na Austrália — todas as televisões haviam desaparecido das casas, das lojas e das fábricas. E mais: ainda que tentassem, os técnicos não conseguiam montar novos aparelhos. Simplesmente não sabiam como fazer isso! Os homens haviam esquecido como fabricar TV!

O mágico pegou sua cartola e gritou lá pro fundo.

— Planador!

Nenhuma resposta.

— Planador, pare de roubar as cenouras de minha horta e venha logo aqui pra fora!

Pousou a cartola de volta sobre a mesa, colocou as mãos na cintura e fez uma cara grave. Gritou mais uma vez.

— E traga minha bola de cristal!

Daí a pouco salta o coelho, as orelhas abertas como asas. Dá uma volta pela sala e vem bater de cara sobre a mesa.

— Opa! Outra vez. Preciso mandar arrumar meus trens de aterrissagem.

— Que trens de aterrissagem coisa nenhuma! Você está é pesado demais de tanto comer cenouras. Um dia ainda vai ter uma congestão. E onde está minha bola de cristal?

— Chi... Já volto, chefinho, já volto!

Enquanto Planador saltava novamente para dentro da cartola, Hafilazundunzaptbum — eu também sou amigo íntimo dele — ficava se lamentando.

— Meu Deus! Que ajudante fui arrumar. Também, eu já devia saber. Isso é mal de família. Foi por causa de um atrasadíssimo tio dele que Alice acabou entrando no País das Maravilhas. Seu bisavô perdeu uma corrida para uma tartaruga. Vergonhoso! É uma família de desastrados.

Novamente veio Planador. Dessa vez caiu no chão. E seus dentes fizeram um grande risco no chão. *Crinch!*

Planador levantou-se vexado e veio limpando o pó do seu pêlo branco, tentando explicar-se:

— He, he! Às vezes os dentes servem de âncora.

— Bonito! Olha só o chão. Passe pra cá essa bola.

Planador colocou a bola sobre a mesa. O mágico sentou-se em sua majestosa cadeira e começou a alisar seu objeto mágico.

— Vamos, minha cara. Mostre-me o que vai pelo mundo. Muito longe, muito além dessa sala...

O coelho saltou sobre a mesa. O mágico sem conseguir nada.

— Não sei o que está acontecendo...

— Deve ser por causa das pilhas.

O mágico encarou seu ajudante.

— Engraçadinho. Outra piadinha e eu dou um nó nessas delicadas orelhinhas.

— Desculpe-me, chefe.

Hafilazundunzaptbum continuou.

— Vamos, mostre-me. Vamos bolinha. Vamos, vamos, vamos, vamos!

Parou.

— Estou vendo... estou vendo! Parece, parece, parece...

— Parece o que, mestre?

— Parece um peixe. Um peixe?! É um peixe!

Virou-se para Planador.

— Ora, ora! Quantas vezes eu já lhe falei pra não pôr o seu peixinho de aquário na minha bola nova! É por isso que não pega!

Tirou o peixe e entregou ao coelho.

— E como castigo você vai ficar dez minutos sem comer cenouras!

Planador estatelou os olhos. Deu um gritinho e caiu duro sobre a mesa. O Mágico Desinventor saltou assustado de sua cadeira. Abanou freneticamente o seu ajudante com a cartola.

— Planador, responda, Planador! Eu estava brincando. Acorde, radaz! Você pode comer, sim. Pode comer até uma dúzia.

O coelho abre um olho.

— Se deixar comer duas dúzias, eu acordo.

— Ah!

O mágico dá um pulo para trás.

— Fingindo novamente. Com efeito, Planador. Você não respeita mesmo esse velho, não é? Puxa vida! De qualquer maneira é bom saber que você está bem. Malandro, mas está bem. Agora, vamos ver o que ocorre pelo mundo.

Voltou para sua majestosa cadeira. Acariciou a bola, pediu, mandou, mas nada de aparecer imagem.

— Não entendo, meu coleguinha. Não quer pegar. O fabricante em Bagdá me garantiu a qualidade do produto. E essa bola não tem nem 200 anos! Não pode dar defeito!

— Deve ser porque o senhor desinventou a televisão. Aí a bola não quer funcionar.

O mágico coçou a barbicha branca.

— Sabe que você às vezes é menos burro que parece? Mas não será por isso que eu vou deixar de ter notícias do mundo todo. Eu desinventei a televisão mas não desinventei o rádio. Portanto, minha cara bola de cristal, pode ir confessando aí!

Como se num passe de mágica, e era mesmo, a bola abriu o bico. Primeiro pegou a BBC de Londres. Mesmo os ingleses, que são um povo imperturbável, não conseguiam atinar com tão estranho acontecimento. A rainha expediu uma ordem para que todos os cientistas do reino se empenhassem em descobrir algo sensato, lógico e inglês para explicar o fato. Depois foi uma rádio alemã, que anunciava que um astrofísico germânico provara, por A + B, a transferência de todos os televisores terrenos para outra galáxia. Nos Estados Unidos, dois famosos psicólogos debateram num programa de rádio. Um afirmava que se tratava de uma neurose coletiva. Isto é: bilhões de pessoas estavam pensando que as televisões haviam desaparecido, mas na realidade elas estavam onde sempre estiveram, embora ninguém as visse ou tocasse. O outro dizia que não. Na verdade, a televisão nunca havia existido. E só agora a humanidade percebera isso. Os dois foram internados num hospício. Na Itália, procissões serpenteavam por todo o país rumo ao Vaticano. Acreditavam tratar-se de um milagre. O Papa não acreditava nisso, mas não possuía explicação satisfatória. Os franceses estavam horrorizados. No Brasil, as emissoras mandaram seus artistas às praças públicas, a fim de representarem os capítulos das novelas, senão todo mundo ia ter um troço.

O mágico ouviu os noticiários e depois esfregou as mãos satisfeito. Correu à janela e ficou olhando aquela turminha e as outras crianças brincando.

— Meu querido roedor, creio que tudo esteja caminhando maravilhosamente bem. É uma bagunça total: o caos!

— Quem?

— O caos! Bagunça, não me entente? Mas só até que os adultos se acostumem. Depois, quando redescobrirem as crianças, irão se esquecer realmente que existiu televisão na Terra algum dia. Todos deixarão de ficar olhando para um aparelho. Em vez disso, irão trocar idéias, inventar jogos e divertimentos. E quem lucrará com tudo isso, meu amigo dentuço?

— A molecada.

— Exatamente.

O mágico vai sentar-se na sua cadeira. Olha absorto o teto do casarão. Pensando. Depois, dá um sorriso estranho, próprio dos mágicos. Planador já sabe que envém coisa.

— O que foi, mestrinho?

— Temos muito trabalho pela frente ainda, companheiro. Muito trabalho.

Dá uma risadinha satisfeita — hi, hi, hi, hi — e olha o coelho parado na sua frente.

— Não posso esperar para ver a cara de todo mundo, quando o dia amanhecer amanhã.

V

Foi realmente espantoso. As pessoas passavam correndo pelas ruas, como se estivessem dirigindo carro. Ou até em grupos inteiros, que vinham com cada pessoa segurando a cintura da outra, em fila, seguindo um motorista de ônibus. Havia pessoas que, impacientes com a demora dos ônibus, gritavam pelos táxis. Aí aparecia aquele sujeito correndo em alta velocidade e que parava rinchando a sola do sapato no asfalto.

— Pra onde?

— Penha.

O passageiro agarrava-se na cintura do motorista e disparavam numa carreira desenfreada. Era um *show* inédito aquela montoeira de gente parada na rua, esperando o sinal abrir. Em outro lugar, aquele tumulto: um tremendo engarrafamento, porque duas pessoas haviam se trombado numa esquina. Mais adiante, uma batida em cadeia.

— Foi você!

— Foi ela. Mulher no volante é um perigo.

— Estragou minha pintura!

— Não dá seta não, barbeiro?

— Comigo vai ser no braço.

— Precisava frear desse jeito, precisava? Olha o estado do meu bigode!

— Comprou carteira, navalha?

Nesse caso, nem a presença do guarda de trânsito acalmava os ânimos:

— Quem foi?

Foram olhar os dois da frente. Um estava sentado no meio da rua, passando a mão num fabuloso galo. O outro era caso mais grave. Além de trombar, havia entrado pela porta de uma pastelaria, de onde foi sumariamente expulso aos pescoções por um chinês lutador de *kung-fu*.

O jeito foi chamar o guincho. E daí a quinze minutos apareceu aquele crioulo grandalhão, boné de lado, e sujo de graxa. Pegou os dois pelos fundos das calças e saiu arrastando. E tudo voltou ao normal.

Eu disse normal? Vocês não imaginam o que foi isso. De repente, todo mundo saiu de uma espécie de transe. Deixou de ser automóvel para ser gente mesmo. Aí foi aquele bafafá.

O pai de Piloto-das-Coisas ainda conseguiu chegar ao escritório. De lá telefonou para casa. Contou a tremenda confusão em que se transformara o centro. E a mãe então acalmou-se, pois pensara estar vendo coisas. Não podia acreditar que realmente havia aquela multidão brincando de automóvel.

Deputado e Professor Coruja apareceram de pijama na casa de Piloto-das-Coisas.

— Fui correndo na casa do Professor, pra que ele me dissesse que eu estava sonhando. Mas era verdade mesmo.

— É, todos os automóveis, caminhões e ônibus desapareceram.

— Incrível. Até as máquinas de construção. Vocês não imaginam que briga foi lá em frente de casa, quando um sujeito, que pensava ser uma escavadeira, encheu de terra a boca de um outro, que devia ser o caminhão-basculante.

— Parece que todo mundo ficou louco por um instante.

Chegou Marcha-Lenta bufando.

— Puxa vida, vocês correm e me deixam sempre para trás.

— Esse gordo é uma lesma.

— Bom, e o que é que vai ser agora?

— Uma tremenda confusão — disse Professor Coruja — pois vai haver um colapso total.

— Colapso?

— Fala português — pediu Deputado.

— Tudo vai parar, não entende? Não vai ter jeito do povo ir trabalhar, porque os ônibus evaporaram. Puf! Sumiram. Não há táxis, nem carros particulares. Das locomotivas só existem os trilhos.

Piloto-das-Coisas sentou-se pensativo.

— Santa mãe! Já imaginaram que dor de cabeça?

— O que a gente tem de fazer agora é encontrar com o Meia-Noite. Ele perambula pela cidade o tempo todo e já deve estar mais por dentro das coisas. Quem sabe ele não ouviu algum boato que explique esses evaporamentos?

— Acho que o Professor Coruja tem razão — concordou Marcha-Lenta. — Daqui a duas horas a gente se encontra na pracinha.

— Duas horas! Você tem dez minutos pra ir até sua casa e encontrar a gente no caramanchão. Pode começar a correr.

Marcha-Lenta, que nem havia se restabelecido do primeiro estirão, saiu rápido como uma tartaruga pela porta.

— Nós também vamos em casa tirar os pijamas. Até logo.

Piloto-das-Coisas ia pensando no que o Professor Coruja havia dito: colapso. O coração da cidade ia parar. O coração do estado, do país. Sem dúvida, todo mundo iria parar. Dessa vez, completamente indefeso. Não por surpresa como no dia anterior, quando todas as televisões desapareceram. Mas por não poder andar. Agora é que ele percebia como o mundo andava sobre rodas. Tudo é levado sobre rodas. Rodas de máquinas dos mais diversos tipos. E rodas que caminham depressa. Porque há pressa em tudo. Não há tempo a perder no mundo atual. Uma correria louca contra o relógio. Agora tudo isso havia acabado. O homem, sem querer, teria de parar e redescobrir que tinha pernas. Redescobrir a distância. O seu pequeno tamanho comparado à Terra onde habita. Porque, com veículos cada vez mais rápidos, ele havia se esquecido de que era pequeno. Um bichinho. De repente, o homem descobriria que era apenas um bichinho de pernas.

Foi difícil chegar até a pracinha, embora a distância não fosse grande. Acontece que, de um momento para outro, as ruas viram-se invadidas por um enxame novo de pernas. Gente que andava sobre rodas, agora era obrigada a usar os pés para vencer as distâncias. E toda hora Piloto-das-Coisas era interpelado por alguém muito apavorado, que queria saber onde ficava essa ou aquela rua.

Quando chegou à pracinha, encontrou Meia-Noite cercado por pessoas, aflitas por informações. E cobrava gorjetas. Depois, como ele mesmo explicou, era pra compensar os sapatos que não daria para engraxar.

— Hoje está todo mundo doido. Ninguém chega e pede um lustre no pisante. Quer é achar o rumo de casa. Aí eu logo vi que era melhor ser informante. Até que está rendendo bastante. Porque rua é comigo mesmo. Ando por isso aí tudo.

— Eu também reparei que está todo mundo perdido. Andar debaixo de tantos prédios, por esse labirinto de ruas, não é o mesmo que pegar um táxi e dizer: vamos lá. Pegar um ônibus e pronto. As distâncias esticam. Ou melhor: as distâncias reaparecem.

O resto da turma chegou.

— Estive escutando rádio — veio falando Deputado. — O negócio das televisões ainda nem havia esquentado direito e acontece mais essa. Imaginem que até as instalações das fábricas evaporaram.

Sentaram-se num dos bancos e ficaram observando o povo que, aos poucos, ia desaparecendo.

— Amanhã a cidade vai estar completamente deserta.

— Ninguém tem como ir para o trabalho. De bicicleta, se não for muito longe.

— Também, isso não adiantaria muito. Nem todos têm uma bicicleta e a cidade não funciona só com algumas pessoas trabalhando e outras não.

— É como uma engrenagem — ilustrou Professor Coruja.

— Todas as peças precisam se entrosar, para funcionar. Se uma peça da sociedade encrenca, as outras também param.

— Hoje parou a peça chamada transporte terrestre — completou Professor Coruja.

— Fico pensando se houver um incêndio. Como é que os bombeiros irão se virar? — alertou Meia-Noite.

— Ih, nem pense nisso.

— Bem que eu disse que deve ser coisa de marciano.

Todos olharam Deputado.

— De anteninhas?

Ele ficou uma onça.

— Ah, então o que é?

Professor Coruja interveio a favor de Deputado.

— Pode ser que ele até esteja certo, turma.

Todos olharam o novo defensor da teoria de uma invasão interplanetária. Um dedinho de medo fez cócegas em suas barrigas.

— O que é que você está dizendo? — perguntou Marcha-Lenta.

— Não há nada na Terra que tenha tanto poder pra fazer essas coisas. Não é serviço de americano, nem de russo. Eles também estão lá morrendo de medo. E o que o Deputado chama de marcianos, não precisa ser de Marte. Pode ser de qualquer outro ponto do espaço.

— Ah, isso é bobagem, gente — disse Meia-Noite, tentando pelo menos se convencer.

— E a troco de que eles iam sumir com todas as televisões?

— Vai ver que eles gostam de assistir a uns programinhas de auditório...

— Chi... só porque a gente começou a apoiar uma idéia dele, o Deputado pensa que pode falar qualquer besteira. Essa não!

Professor Coruja riu de Marcha-Lenta.

— Pode ser que eles estejam querendo provar sua força. Enfraquecer a resistência. Depois, tcham!

Todos suspenderam a respiração. Xeretinha até se escondeu atrás do irmão. Paparikos disse qualquer coisa, lá do ombro de Meia-Noite.

— Eles atacam!

Piloto-das-Coisas achou melhor frear um pouco a imaginação do Professor Coruja.

— Bem, mas a gente não pode provar nada. Talvez seja até coisa boa o que aconteceu. E quem foi aí que não gostou de bater papo com o pessoal de casa, hem? Essa história de desaparecer os automóveis vai dar muita dor de cabeça nos adultos, mas a gente só vai ganhar.

E subindo no banco, o chefe da turma dá um brado de vitória:

— As ruas são nossas!

Professor resolve ajudar. E grita:

— Depois da Era do Jato, da Era Atômica, da Era da Brilhantina, estamos entrando na Era da Macacada! Viva a Era das Crianças!

E todos gritaram vitoriosos.

— Iá-huu!

VI

O Mágico Desinventor saltou exultante.

— Eu estou conseguindo! Planador, eu estou conseguindo!

O coelho, sempre fiel, vem pulando atrás.

— Sim, chefinho. O senhor sempre consegue o que quer.

Hafilazundunzaptbum virou-se para seu assistente.

— Como é? Trouxe a bola de cristal?

— Sim, meu amo. Está bem em cima da mesa.

— Desta vez não é o aquário, é?

— Pode estar certo de que não é, patrãozinho.

O mágico sentou-se à mesa e olhou a bola de cristal.

— É. Agora você trouxe a verdadeira bola. Não era à toa que aquela outra só pegava as rádios. Pensando bem, não é estranho que um aquário pegue onda de rádio! Eu sou grande mesmo!

— É sim.

Hafilazundunzaptbum sorriu satisfeito. Depois ligou a bola, para ver a cara pasmada do mundo.

No resto do planeta os fatos estranhos se repetiam como ali. Em Londres, filas e filas de pessoas rodavam pelas ruas, carregando outras sobre os ombros. É que lá esses ônibus de dois andares são muito usados. Quando o transe se acabou, foi o maior número de tombos registrado no Reino Unido, desde que inventaram a História. Nos Estados Unidos, o presidente pegou carona num car-

XAH
SORVETE

rinho de sorvete, para chegar à Casa Branca. A mais estranha notícia foi sobre uma corrida de Fórmula Um, interrompida na décima terceira volta. Niki Lauda ia em primeiro lugar e Emerson saíra com vazamento de óleo. Ninguém soube explicar, depois, que vazamento foi esse.

O mágico estava satisfeito. Desligou a bola e ficou refletindo sobre o que faria a seguir. Havia tanta coisa inútil, que ele não sabia por onde começar. Teria um trabalho árduo pela frente. É claro que bastaria dizer meia dúzia de palavras e o mundo ficaria do jeito que ele quisesse, mas não era essa a sua intenção. Assim seria muito simples, contudo não traria o benefício maior de sua obra. Para ele, era preciso mostrar aos homens que eles viviam de maneira errada. Que as pessoas se importavam só com aquilo que não tinha valor. Ora bolas de cristal!! Onde estava, por exemplo, o amor que todos tinham, há muito tempo atrás, a uma planta, a uma pedra, a um rio? Onde havia ficado o amor do homem a tudo aquilo que o ajudava a viver? Dava uma tristeza tão crescida ver como, a cada dia, as pessoas se esqueciam de observar o firmamento. Até mesmo da linda Lua haviam se esquecido. Logo agora que o homem havia conseguido chegar até ela. Pisar. Deixar na poeira fina de sua face a marca dos pés de um ser humano. O passo mais longo da humanidade. Mas em vez disso fazer com que olhassem a Lua com mais amor, com orgulho, os homens a esqueceram. Porque o homem sequer é capaz de medir, de reconhecer ou de se orgulhar de suas grandes façanhas.

A tristeza deu um beliscão no mágico. Planador estava irrequieto, sem saber o que fazer para animar o seu mestre. E Hafilazundunzaptbum continuou perdido em seu pensamentos. Porque era preciso pensar muito. Saber o que desinventar a cada instante. Pensar no que poderia estar cegando as pessoas. Descobrir onde o homem teria perdido o amor que tinha à Natureza. Não. Ele não poderia simplesmente dizer suas palavras mágicas e voltar a Terra ao que era há cem, duzentos, mil anos atrás. Porque daí a cem ou mil anos a humanidade seria a mesma de hoje. Trabalho perdido. O que ele queria era ir mostrando tintim por tintim, dia a dia, que o homem poderia viver e ser feliz sem tanta coisa. Sem precisar acumular tantos pertences dentro de seus apartamentos. Que, ao contrário, deveria colecionar virtudes, qualidades dentro de si mesmo. O homem não precisa de tantos aparelhos para viver. Não necessariamente. E de modo algum deve se tornar uma máquina. Um robô que se levanta, trabalha e desliga, em busca de dinheiro.

O Mágico Desinventor estava convencido de que tudo o que pensara estava correto. E por isso precisava continuar sua grande obra. A última. Um presente para o mundo inteiro. Iria mostrar ao homem o caminho certo. O caminho de volta à Natureza. Ao amor. Porque amar a Natureza é amar a si próprio. É amar as outras pessoas. O próximo. Se não deixarmos que se corte uma árvore, porque ela nos dará sombra, frutos e ar puro, daremos tudo isso também aos outros. Se não nos importarmos que nossa fábrica suje um rio, contaminando a água, matando os peixes, não só estaremos destruindo a Natureza, como impedindo que outras pessoas tenham água limpa e possam se alimentar desses peixes. Seremos criminosos.

O Mágico Desinventor suspirou profundamente. Depois olhou Planador, estático à sua frente, que esperava seu mestre acabar sua reflexão e voltasse a falar.

— Planador, meu cuniculíssimo amigo. Eu não sei se conseguirei tanta coisa. Não sei se sou apenas um sonhador. Quero só o bem para todos. Espero que o mundo entenda. Quero salvar a humanidade. Deixar uma rica herança para essa criançada que vive hoje.

O coelho ia apoiar seu chefinho, não fosse ter percebido que pequenos diamantes brotavam dos olhos do Mágico Desinventor. Brotavam e vinham rolando pela face, pela barba branca e caíam pelo chão. Hafilazundunzaptbum estava chorando. Era emoção. O ser mais poderoso da Terra sabia chorar.

VII

Durante alguns dias os meninos acharam que os desaparecimentos haviam cessado. Era também a opinião da maioria das pessoas do bairro. Contudo, foi só chegar notícias de outras partes e todos perceberam que os fatos estranhos continuariam por um bom tempo.

Todas as armas haviam desaparecido! Aviões, navios, submarinos. Tudo. Até mesmo as aparelhagens mais sofisticadas como os foguetes, satélites. Não havia uma só bomba atômica ameaçando explodir o bumbum do mundo. Nem uma bomba. Nem um canhão. Nada vezes nada. Até os fogos de artifício haviam sumido. Se bem que fosse uma grande data para o céu se encher de luz e estrondos: havia acabado o perigo da guerra. Era o dia em que a guerra morreu! O mundo viveria a paz total e verdadeira, independente dos bate-papos furados entre os embaixadores interesseiros.

Em Paris foi interrompida uma reunião que tratava de desarmamento. Não havia mais pelo que discutir. Não existia nem mais um revólver de espoleta na face da Terra, nem uma bala, nem um traque de São João.

Os presidentes de todos os países, que ainda não sabiam o que fazer para solucionar o problema da falta de transportes, ficaram boquiabertos com as novas notícias. Outros, já de queixo doído de tanto pasmo e declarações inúteis, ficaram boquifechados. O que estaria acontecendo? — se perguntavam, enquanto acariciavam seus ursinhos de pelúcia.

Dessa vez, os desaparecimentos ocorriam de forma diferente. Ao contrário das televisões e automóveis, os aviões não sumiam de repente. Segundo os funcionários dos aeroportos, os aviões que estavam estacionados evaporaram misteriosamente. Todos ficaram amedrontados com a idéia de que isso poderia ter acontecido também com os que estavam no ar. Felizmente, constataram que não. Recebiam chamados pelo rádio, tinham contatos pelos radares. E aterrissava mais um aparelho. Todo o pessoal do aeroporto corria ao encontro do avião. Maravilhados. Como se estivesse ali algo nunca visto. Porém, antes que chegassem a tocá-lo, ele sumia. Puft! E só ficavam os passageiros, surpresos e doloridos depois de uma súbita queda na pista.

Nos aeroportos de maior movimento, foi preciso colocar guardas por todas as pistas. Isso porque eram muitas as aeronaves, que desciam a todo instante. Mal o avião parava na pista, acontecia o fenômeno. Então ficava aquela multidão sentada, cheia de bagagens, interditando o local. Os guardas vinham apressados e atarefados. Era preciso retirar as pessoas dali, para que outros aparelhos pudessem pousar. E desaparecer.

O mesmo ocorria com os navios. Os que estavam atracados nos portos, ou ancorados perto da terra firme, desapareceram deixando grumetes, marinheiros e capitães dentro d'água. Os que vinham do alto-mar, anda conseguiam atracar. Só então sumiam.

O mundo estava sobressaltado. Nações poderosas, completamente inofensivas. Todos se amedrontavam diante daquela força poderosa e invencível que desarmara todos os países da Terra. E esperavam. Esperavam que algo terrível acontecesse. Uma invasão de outro planeta, qualquer coisa inacreditável. Mas nada acontecia. Mistério.

Piloto-das-Coisas, Deputado, Meia-Noite, Marcha-Lenta, Xeretinha e Professor Coruja iam colhendo notícias pelo rádio, pelos jornais, que agora chegavam com dias de atraso, pois eram distribuídos em carroças. Ou ficavam sabendo pela boca do povo.

— Papai estava comentando que o governo decretou estado de calamidade pública.

— O problema maior está nas metrópoles — falou Professor Coruja. — A vida das cidades pequenas e das fazendas pouco mudou. Existem lugares no Brasil, e em grande parte do mundo, onde as pessoas nem sabem o que está acontecendo.

— E'as viviam sem isso tudo que está desaparecendo por aí? — admirou-se Deputado.

— É. Isso prova que tudo isso que está sumindo é bom, mas não é completamente necessário.

— Sei não. Hoje muita gente não viveria sem o automóvel, sem a televisão, sem o avião supersônico. Sem o satélite. Sem o computador. Uma pá de gente nessa cidade está parada, porque não pode e não sabe viver sem isso.

— Está certo, Meia-Noite. Mas isso tudo é culpa do homem mesmo. O homem inventou a pressa. A pressa foi a pior invenção dos homens em toda a sua História.

— Ah, e vocês vivem correndo e me deixando pra trás! — berrou Marcha-Lenta, vingativamente.

— Também não precisa exagerar, né? — defendeu Deputado.

Piloto-das-Coisas raciocinou:

— Isso me fez pensar numa coisa. A gente tem pouco tempo pra reparar nisso, mas agora que estamos cara a cara com o problema, ele parece muito claro: o mundo da máquina, da televisão, da confusão, dos computadores fazendo bip, da pressa existe. É o que chamamos de mundo atual. Moderno. Mas ainda existe o mundo do homem. O homem que faz as coisas ele mesmo. Planta, colhe, vive. O mundo que não temos tempo de lembrar que existe. O mundo que pensávamos que havia terminado. O mundo de ontem.

— Os dois mundos vivem lado a lado — completou Marcha-Lenta.

— Isso.

Todos ficaram um instante pensando sobre o assunto. Depois Meia-Noite comentou:

— Só sei de uma coisa, pessoal. Está todo mundo muito preocupado com isso tudo. Mas eu não estou muito impressionado não. Não sei o que, nem quem anda aprontando essas coisas. Mas eu estou gostando.

— É, eu também — apoiou Deputado.

Professor Coruja também apoiou.

— Só que a gente não pode pensar no nosso caso — ponderou Piloto-das-Coisas. — Os adultos estão até o pescoço de problemas. Eles não sabem como agir nessas situações.

— Sempre pensei que eles soubessem de tudo — criticou Xeretinha.

— É porque eles gostam de ter respostas para todas as coisas.

— Só que nada do que está acontecendo tem sentido — emendou Professor. — Parece brincadeira!

— E brincadeira é comigo mesmo — falou Meia-Noite, batendo no peito.

— É. A gente que é criança não tem esses problemas. Mas os nossos pais não vão saber o que fazer.

— Vamos ter de tomar conta dos marmanjos? — perguntou Deputado.

— Será que meu pai não vai se importar de ir pra cama cedo?

— Ah! ah! — riu Meia-Noite. — Essa é boa, Xeretinha. Parece que a gente é que vai mandar de agora em diante.

— É. — concordou Piloto-das-Coisas. — Nós vamos ter de pensar por eles.

— O mundo dos adultos não está preparado pro que eles não podem explicar — comentou Professor Coruja.

Enquanto discutiam sobre o assunto, iam passeando pelas ruas desertas da cidade. Livremente, sem se preocuparem com mais nada. Até iam perdendo o hábito de olhar os semáforos, que ainda funcionavam esquecidos. Verde: pode passar. Amarelo: cuidado. Vermelho: pare! Não era preciso parar. Não havia mais com que tomar cuidado. Apenas as bicicletas, alguns carrinhos de mão.

Aos poucos foram aparecendo algumas carroças. Vinham encomendadas do interior. Eram empregadas nos serviços urgentes: ambulâncias e transporte de víveres. Era um acontecimento quando alguém passava montado num cavalo. Geralmente alguém da administração da cidade.

O primeiro a fazer uso de um animal foi o próprio prefeito. Precisava mostrar que essa era uma saída para a grande falta de meios de transporte. Mas foi só uma vez. Mal o cavalo parou na porta da prefeitura, ele caiu desajeitado no jardim, sendo prontamente atendido por seus assessores. Não foi nada, teria dito. Tudo bem, tudo bem. Só que agora fazia seus despachos da cama de um hospital.

Mesmo assim, o desajeitado homem metropolitano ia se virando como podia.

— Parece que o mundo está regredindo mesmo — comentou Professor Coruja. — Não temos muito mais do que Pedro Álvares, quando ele aportou por aqui.

— Carroças e cavalos. Que mundo mais louco esse nosso. Temos ainda rádio e telefone. Relógios e luz elétrica! — admirou-se Meia-Noite.

— Eu estive pensando num negócio a noite toda — disse Piloto-das-Coisas.

— O que foi? — quis saber toda a turma.

— Por que todos os desaparecimentos começam pelo nosso bairro?

— Ora, talvez não seja. A gente mora nele, então fica sabendo das coisas dele primeiro. Depois chegam as notícias do resto da cidade, do estado, do Brasil todo. E do mundo.

— Mas não é isso, Professor Coruja.

— Não?

— Não é impressão minha, mas um fato. As autoridades vêm anotando as reclamações, todas as vezes que começaram os desaparecimentos. Sabe o que constataram até o momento? Que sempre o nosso bairro faz as primeiras comunicações. Tanto no caso das televisões, como no caso dos automóveis!

— Pode ser coincidência, não pode?

— Pode ser, Deputado. Mas é cidade demais no mundo para a nossa ser a primeira. E o nosso bairro o primeiríssimo.

— Mais uma vez a Europa se curva diante o Brasil!

— Não é brincadeira, Professor Coruja!

— O caso das armas também foi assim. Nossa cidade foi a primeira a registrar o sumiço dos aviões.

— Estão vendo?!

— Isso merece uma investigação — propôs Meia-Noite.

Todos apoiaram. Iriam ficar atentos às novas notícias, para constatarem sua teoria.

— E como isso está acontecendo? — indagou Xeretinha.

Piloto-das-Coisas tinha uma idéia. Pegou uma pedrinha e jogou numa poça de água parada. Vários círculos se formaram a partir do centro, onde caíra a pedrinha.

— Entenderam?

— Ah! — exclamaram todos juntos.

— Boa idéia, Piloto. O nosso bairro é o centro de onde partem as ondas.

— Que ondas? — quis saber Xeretinha.

— A gente ainda não sabe direito o que é. Ondas. Podem ser até um tipo de força, de energia que faz tudo sumir. Coisa de outro planeta.

Dessa vez ninguém gozou as palavras do Deputado.

— De outro planeta ou não, nós vamos descobrir isso. Por enquanto, vamos ficar de tocaia.

Todos concordaram. E daquela hora em diante, foi uma vigília constante a tudo que era moderno, para ver se desaparecia primeiro que em qualquer outra parte do mundo. Aí estaria provada a teoria. Havia algo muito estranho bem ali no bairro.

VIII

Hafilazundunzaptbum estava desesperado. Corria de um lado para outro, entrando e saindo dos quartos. Até pareceu cansar-se e resolveu pedir ajuda.

— Blanadou! Blanadou!

Planador pulou fora da cartola em dois tempos. Primeiro, porque estava curioso para saber das novas. Depois, achara um tanto mudada a voz do seu querido mestre.

— Blanadou, beu quelido abigo. Voxê xabe xi eu dejimbendei a dendadula?

— Hem?

— Dendadula, Blanadou. Dendadula!

Planador balançou os ombros.

— O que é que o senhor está falando, chefe? O que foi que aconteceu com a sua voz? Está falando esquisito!

— Dendadula!

O mágico já estava ficando impaciente. Então resolveu mostrar. Abriu a boca sem dentes.

— Dendadula!

— Ah, sua dentadura!

— Xelá que eu dejimbendei a dendadula? Voxê xi lembla?

— Dentadura é arma, chefinho?

— Bas é clalo que dão! Xó xi voxê ujar pla boldê.

— Não precisa ficar falando, mestre. Eu não estou entendendo nada. Se dentadura não é arma, então o senhor não desinventou não. Deve estar por aí mesmo.

Só mesmo a perspicácia de um coelho de mágico possibilitou que a dentadura fosse encontrada. Estava dentro do copo, ao lado da cama, onde sempre estivera. Só que Hafilazundunzaptbum não podia se lembrar disso, tão ocupado estava, pensando a cada minuto sobre sua grande obra.

— Estive analisando o que fizemos desaparecer da última vez, meu amiguinho. Acho que foi uma medida certa e necessária.

— Sem dúvida, chefe.

— Nos primeiros tempos de sua vida, o homem inventou algumas armas rústicas, para se defender dos incontáveis perigos que o rodeavam. Ou usava seus instrumentos para caçar seu almoço. O homem era um animal fraco, se comparado com os enormes animais que conviviam com ele. Mesmo agora o homem não poderia competir de mãos nuas com a maioria dos bichos que restam. Por isso ele usou de sua inteligência privilegiada para sobreviver.

— E sobreviveu.

— Sim. Mas o homem entrou pelo caminho errado. O tacape que servia para caçar, o machado, a lança, a flecha tornaram-se armas que ele usava contra seus próprios semelhantes! Como você pode ver, o homem não sabe controlar sua força e sua ganância há muito tempo.

O mágico vai para a janela e olha a cidade calma e sem a correria de sempre. As pessoas caminham despreocupadas pelo meio das ruas, por onde uma ou outra carroça passa levando coisas e pessoas.

— O mundo está livre da guerra, Planador. Eu esperei durante séculos e séculos que ele resolvesse sozinho esse problema. Eu esperei durante muito tempo que o homem usasse sua inteligência para ver que coisa horrível é destruir seus semelhantes. Os animais não fazem isso. Porém o homem, pelos motivos mais baixos, continua matando seu próximo!

Planador veio para junto do mágico e sentou-se no parapeito da janela.

— Está vendo? Parece que o dia está mais claro. A paz é uma luz que a estupidez impediu que o homem enxergasse, por milhares de anos. Aí está. Espero que tantos anos de cegueira não impeça a humanidade de ver esse grande presente que ela está ganhando agora.

— Eu não confio nos homens, mestre — disse Planador com uma pitada de raiva.

— Não vamos ser tão severos. Ele foi mal educado durante muito tempo. Agora ele precisa reaprender. Dar valor às coisas certas. Ele está precisando de uma ajuda. De alguém que lhe mostre qual caminho deve seguir. E eu estou fazendo isso. Tenho poderes para isso.

O Mágico Desinventor fez uma pausa e continuou:

— À medida que esperava que a humanidade visse os horrores das guerras, eu via que as pessoas, ao contrário, iam inventando mais e mais armas. É uma contradição, mas depois de cada guerra, depois de sentir na carne o efeito de suas armas, de suas invenções maléficas, o mundo todo se empenhava em inventar mais e mais aparelhos de destruição. Foi uma corrida longa, vertiginosa atrás da arma mais poderosa, da arma que destruísse completamente os inimigos. Mas isso é impossível. Porque as armas inventadas voltaram-se contra os próprios inventores.

— O feitiço contra o feiticeiro — interrompeu Planador.

— Sabe por quê? O homem não tem inimigos. Ele é seu próprio inimigo. Meu amiguinho, era preciso impedir que o homem continuasse a ser um suicida! O homem conseguiu criar armas que ele mesmo nem sonharia usar. Tão poderosas e em número tão grande que a pessoa que fizesse uso delas estaria assinando sua própria sentença de morte!

— A bomba atômica, chefe?

— A bomba atômica é um traque perto do que já foi inventado por esse animalzinho irresponsável em que o homem se tornou. Apesar de amedrontado com esse incalculável arsenal, que ninguém jamais desejaria usar, as fábricas de armas não paravam. Parece um absurdo, não é? A coisa se complicou tanto que não era mais possível parar!

— Uai. E por quê?

— Porque as fábricas eram tantas e tantas as pessoas que nelas trabalhavam, que se terminassem as guerras, milhares e milhares de pessoas não teriam onde trabalhar! Já imaginou que coisa horrível é trabalhar numa fábrica de armas? Construir um objeto que vai destruir a casa de uma pessoa como você. Que vai tirar a vida de gente como você?

— Eu nunca havia pensado nisso — confessou Planador.

— Pois não terá que pensar mais, meu amiguinho. Nada disso mais existe. O pesadelo acabou!

Hafilazundunzaptbum sorriu satisfeito. Planador também sorriu, porque ficava feliz com a alegria do seu amigo.

— Agora poderemos andar despreocupados, pois não teremos mais a espada de Dâmocles suspensa sobre nossa cabeça.

— Espada de quem?

— Foi um fato interessante, que ocorreu em Siracusa.

— Onde fica isso?

— Sabe onde fica a Itália?

— É aquele país que tem a forma de uma bota — falou o coelho.

— Isso. Uma bota que está chutando uma ilha, a Sicília. Siracusa fica beiraninho a Sicília, ali na ilha Ortígia.

— E daí? Onde entra a tal espada e o tal Dâmocles? — insistiu Planador.

— Acontece que, lá pela primeira metade do século IV a.C., viveu Dâmocles, um adulador de Dionísio, o Velho, que era o tirano de Siracusa. Dâmocles vivia lisonjeando Dionísio. Está certo que o tirano tinha lá suas qualidades. Até dedicou-se à Literatura. Certa vez, participou de um concurso para peças teatrais, em Atenas. Meu pai fez parte do júri, inclusive. Mas ele não ganhou. Voltando ao assunto, Dâmocles chateou tanto o tirano com aquelas bajulações, que Dionísio resolveu convidá-lo para um banquete.

— Um banquete?! Mas que maneira mais esquisita de ficar bravo! Ah, não me diga que botou purgante no prato do tal Dâmocles!

— Nada disso, meu coleguinha. Foi um banquete e tanto. Dionísio, vez ou outra, cutucava lá o Dâmocles e perguntava: — «Como é, Dâmocles, quer dizer que governar é uma maravilha, né?". E o cortesão, com um baita olho assim, de tanto festejar, confirmava. Pra ele, governar era fácil, um mar de rosas.

— E a espada, Hafilazundunzaptbum?

— A espada? Ah, sim. Daí um tempo, Dâmocles vai coçar a barriga, ficar de papo pro ar, gozando o farto repasto — «Eh, trem bão!» ele devia estar pensando — quando olha e. . . que é que ele vê? Uma espada suspensa, bem acima de sua cabeça. A espada estava amarrada apenas por uma crina de cavalo. Um fiozinho que poderia se partir a qualquer instante!

— Que congestão, hem?!

— Imagino! — riu o mágico. — Com isso, o velho Dionísio queria dizer ao seu cortesão enjoado que governar pode ser bom, mas quem governa tem sempre uma espada, um perigo suspenso sobre a cabeça.

— E o que tem a ver essa lenda com a gente, afinal?

O mágico sorriu.

— Antes fosse apenas essa espada. O que o homem tinha acima de sua cabeça, antes que eu desinventasse as armas, era incalculavelmente maior que uma espada.

— O quê?

— Cem milhões de quilos de dinamite, Planador! Uma bomba atômica!

Planador arrepiou o pêlo. Colocou as mãos na cabeça, como se temesse que algo caísse do céu. O mágico riu do susto do seu assistente.

— Agora não é preciso mais ter medo, meu amiguinho orelhudo. Isso tudo terminou. Estou comentando só pra você ter uma idéia. Veja só: o armamento atômico armazenado pelos Estados Unidos e pela União Soviética, até pouco tempo, equivalia a mais de cinco toneladas de dinamite para cada pessoa do mundo. Não há como calcular o tamanho da explosão que isso poderia provocar. O verdadeiro BUM da burrice!

— Que absurdo, chefinho. Agora é que estou sentindo que grande presente o senhor deu ao mundo.

— E pensar que ninguém via isso. Tantas reuniões. Fui a todas. Tempo perdido. Ninguém jamais chegou a qualquer resultado. Simplesmente porque ninguém queria chegar! Todo mundo pretendendo enganar todo mundo. Como se isso fosse esperteza! Sábio seria jogar fora tantas invenções perigosas e inúteis. E caras!

O mágico suspirou:

— É de fazer dó ver tanto dinheiro desperdiçado em criações arruinadoras. Muito dinheiro, Planador. Enquanto isso, tanta gente precisava de comida. Precisava de ajuda médica. Morava em casebres. Sabe quanto o mundo gastava por dia com armas? Quatrocentos bilhões de dólares! E dólar é dinheiro de verdade. Isso em cenouras, Planador, daria pra alimentar você por quase um ano!

— Ah, não brinque, chefe!

— Eu estou de bom humor hoje. Agora sei que o mundo vai deixar de empregar metade de seus cientistas pra inventar esses busca-pés dos diabos e fazer coisa que presta.

Hafilazundunzaptbum foi para sua cadeira. E antes de ouvir o noticiário mundial, ficou um instante a imaginar o que seria desinventado a seguir. Dessa vez, concluiu ele depois de algum tempo, acabaria com as diferenças entre as pessoas. Sorriu satisfeito. E ligou a bola de cristal.

IX

Algumas semanas após os primeiros desinventos, a vida sobre a Terra havia mudado radicalmente. Havia até uma certa graça em ver uma pessoa falando ao telefone e depois pegar uma carroça, para ir até o Centro de Trabalho Comunitário, onde se alistara.

Esse sistema dos Centros foi adotado em quase todo o mundo. As pessoas que anteriormente batiam carimbo em repartições foram designadas para um Centro, onde eram fabricadas dezenas e dezenas de carroças e carroções, que iriam resolver o problema dos transportes. Pessoas que anteriormente só sabiam fuçar em arquivos, viam-se envolvidas com a árdua tarefa de dar capim aos cavalos, que vieram às manadas para as grandes cidades.

Centenas desses carroções saíram pelas estradas e rodovias. A missão era buscar as pessoas que, com o desaparecimento dos ônibus, trens, automóveis e caminhões, haviam ficado perdidas. Algumas chegaram a caminhar quilômetros e quilômetros até a cidade mais próxima. A maioria, contudo, ainda permanecia agrupada em inúteis postos de gasolina, ou sob árvores, esperando salvamento. E explicações.

Seria impossível descrever a enormidade de medidas tomadas pelas autoridades, para sanar tantos problemas extraordinários, que aconteciam dia a dia. Uma delas, entretanto, e que foi tomada devido à última desinvenção do mágico, foi o controle dos alimentos pela prefeitura de cada cidade. O mágico havia desinventado o dinheiro!

Nos primeiros dias, as pessoas resolveram esse problema fazendo barganhas. Faziam trocas. Mas, com o tempo, os comerciantes já não queriam mais nada. Haviam percebido que o que valia mais, agora, era o alimento. Como os árabes, no início dos anos setenta, os comerciantes fizeram um boicote. Dessa vez não foi do petróleo, mas do verdadeiro combustível que move o mundo: a comida. Para evitar uma epidemia de fome, todos os alimentos foram requisitados pelas prefeituras. Elas se encarregariam de distribuir os mantimentos para a população.

Em alguns lugares, isso foi fácil. Mas nas cidades grandes a população já havia entrado em pânico. Não havia como evitar que milhares de pessoas invadissem armazéns, roubassem tudo que podiam. Como sempre, as metrópoles eram o maior problema. Nelas ninguém se conhecia e cada pessoa tratava de salvar o próprio estômago, sem se importar com os outros.

Todavia, o que importava disso tudo é que a turma chegou à conclusão de que o bairro era realmente o centro onde caíra a pedrinha. Isto é: lá, mais uma vez, foi notado o primeiro desaparecimento de dinheiro. A princípio, ninguém deu muita importância, quando o sorveteiro da pracinha gritou que seu dinheiro sumira. O fato foi registrado como roubo. Mais tarde, porém, o número de reclamações aumentou assustadoramente, estendendo-se a outras partes da cidade, a toda a cidade, ao estado... ao mundo, enfim. Todo o dinheiro da Terra desaparecera!

A turma estava radiante. Pressentia alguma coisa de muito emocionante e extraordinário no ar. Estava prestes a descobrir um grande segredo. O maior segredo do planeta.

— O que devemos fazer agora é pensar — começou Piloto-das-Coisas, na reunião de emergência daquele dia.

— O quê? — quis saber Xeretinha.

— A gente tem de descobrir por que essas coisas desapareceram. Como foi isso? Quem fez isso? Como fez isso? Pra quê? Por que sumiu a televisão e a máquina de escrever ficou?

— Só isso?

— Não, Deputado. O resto a gente vê depois. Por enquanto as respostas para essas perguntas bastam.

Todos deram corda na cachola. Até Paparikos Purutakos Patakos Primeiro colaborou: não abriu o bico nenhuma vez. Não atrapalhar já era uma mão na roda.

— O que a gente deve notar — começou Professor Coruja — é que o mundo andou de marcha à ré. Está como esteve há anos atrás.

— É, em certas coisas sim.

— Em outras está como sempre esteve — completou Meia-Noite.

— E por que isso?

— É, por que sumir com o automóvel e deixar o telefone?

— O que o carro faz?

— Carrega gente...

— Faz fumaça...

— Polui. Pode ser. Faz barulho e fumaça. Deixa a gente mal de saúde. Mas nós precisamos dele.

— Faz mal e faz bem — resumiu Xeretinha.

— O carro sumiu porque faz bem e faz mal?

— A televisão também é assim? — lembrou Deputado.

— Eu gosto de televisão.

— Meu pai dizia que eles passavam muita violência. Muita briga e coisa e tal. Deviam passar coisas que divertissem, que ensinassem.

— Desapareceram coisas boas que eram mal usadas — concluiu Professor Coruja.

— Então, quem fez isso não pode ser ruim — falou Piloto-das-Coisas.

— Ele está selecionando, não acham?

— E por que ele faz a gente voltar? Usar a carroça, por exemplo, em vez de dar uma coisa mais moderna? Uma coisa que não faça barulho nem encha o céu de fumaça? — perguntou Meia-Noite.

— Boa pergunta.

— Se fosse um sujeito de outro planeta, bem que ele poderia ter feito isso, né?

— Deve ser porque ele gosta das coisas antigas — falou Xeretinha.

— Ah, muita gente gosta de coisas antigas! — falou Marcha-Lenta.

— Vai ver que não é bem assim como Xeretinha falou. Mas está esquentando! — animou Piloto-das-Coisas.

— É isso mesmo. Se ele faz a gente voltar, deve ser porque ele conhece o passado. E sabe que é melhor.

— Eu preferia um disco voador, Professor Coruja — disse Deputado.

— Pode ser que ele não esteja a fim de dar presentes de lambuja, pessoal — falou Meia-Noite.

— É — concordou Professor Coruja. — Ele só quer mesmo é ajudar.

— Ajudar como? — indagou Xeretinha.

Professor Coruja ficou pensativo.

— Bom. O que a gente pode dizer é que ele quer ajudar. Tira as coisas que são úteis mas são mal usadas. Deve ser uma pessoa velha, munto velha mesmo, que sabe como foi o passado. Sabe que o mundo foi melhor em certas coisas do que é agora. E sabemos também que é a pessoa mais poderosa da Terra.

— Então temos de procurar a resposta para outra pergunta — disse Piloto, quando Professor terminou de falar. — Onde está esta pessoa?

— Num disco — insistiu Deputado, não abrindo mão de sua teoria.

— Num lugar antigo.

— Eu acho que o Marcha-Lenta está certo. Se ele gosta do passado, deve morar num lugar antigo.

— Ah, Meia-Noite, mas antigamente ninguém tinha tantos poderes quanto esse marciano tem! — retrucou Deputado. — Só se for um disco voador disfarçado de casa velha.

— Quem disse que é uma casa velha?

— Uai, e o que mais poderia ser? Por aqui não tem caverna!

Piloto-das-Coisas pensou nas palavras do amigo.

— Claro, não é? Nem precisa pensar! — disse Deputado.

— Eu estou me lembrando de outra coisa. A gente sempre vê, mas nunca estranhou.

— O quê? — perguntaram todos, quase ao mesmo tempo.

— O dinheiro do sorveteiro da pracinha desapareceu. Foi um dos primeiros casos, não foi?

— O primeiro. Até pensaram que fosse um roubo qualquer — lembrou Marcha-Lenta.

— Pois então! Se essa pessoa está num lugar velho, antigo, e se está no bairro de verdade, ela bem que pode estar na pracinha!

— Aqui?!

— Aqui — reafirmou Piloto-das-Coisas.

Todos ficaram esperando o líder concluir seu pensamento. Os olhos arregalados.

— E só tem um lugar aqui, onde essa pessoa pode estar.

Sem que precisasse do chefe dizer, toda a turma olhou. Lá estava o casarão da pracinha. Velho, solitário.

De repente, uma sensação estranha tomou conta de todos. O medo arrancou de sua corneta e solou um toque de retirada, com toda fé que possuía nos pulmões. E todos os nossos heróis despencaram numa carreira louca na direção da casa de Piloto-das-Coisas. Parecia que alguém os vigiava de uma das janelas do velho e assombrado casarão da pracinha.

X

Pra se deslocarem do caramanchão da pracinha até as grades do casarão foi um upa danado. Xeretinha fazendo a maior birra. Resmungava que estava com medo do escuro, que queria ir embora. Mas quando eles falavam pra esperar ali de fora, ela abria a boca no mundo. Tinha medo de ficar sozinha de noite. E queria ir também. Quem entende as meninas?

Tinham atravessado a rua em fila indiana, com um ar de mistério e perigo. Parecia que estavam prestes a embarcar numa fantástica aventura. E realmente estavam. Por isso que, de corações boiando num mar de suspense, agacharam-se perto do grande portão de ferro para tomar um golinho de fôlego. E coragem.

Piloto-das-Coisas foi na frente. Experimentou o portão. Ele abriu-se rangendo de tão velho e abandonado. Feito se ninguém passasse por ali há anos. Já do outro lado da grade, chamou pelos companheiros. O segundo foi Meia-Noite, que trazia sua caixa de engraxate cheia de badulaques, sua Caixa de Inutilidades. Dentro, viajava o Paparikos. Atás do pretinho, vieram Xeretinha, Professor Coruja, Deputado e Marcha-Lenta.

Da grade à porta da frente foi outra novela. À medida que iam chegando, maior era a saudade de casa. Enfim, arrastaram-se até o alpendre. Lá estava a porta. Imensa. Parecia a maior porta do mundo.

— Ei, vocês têm certeza de que não mora ninguém aqui?

— A gente não tem certeza de nada, Deputado.

— Ah, quer dizer que pode ter gente aí dentro, é?!

— Tem gente aí dentro? Eu quero ir embora!

— Psiu, Xeretinha. Não é nada disso. Você, hem, Marcha-Lenta?!

— O que é que vocês estão cochichando?

— Piloto-das-Coisas disse que aquele dia tinha alguém olhando a gente lá na pracinha mesmo.

— Ai que medo! — arrepiou-se Meia-Noite.

— Vou lá em casa ver quantas horas e já volto.

— São sete horas — informou Professor Coruja.

— Precisava trazer seu relógio, precisava?

Piloto-das-Coisas, quase perdendo a tiana:

— Eu não falei nada disso. Agora fiquem quietos. Vou ver se a porta está trancada.

Levantou-se debaixo do olhar ansioso de todos. Girou a maçaneta. Empurrou.

— Chi, está abrindo, macacada!

— Que azar...

— Legal, amanhã de manhã a gente volta — propôs Marcha-Lenta.

— Fique quieto aí, bolo fofo. Aqui é um por todos e todos por um!

— Eu gostei mais de todos por um: eu quero ir embora e vocês me apóiam.

— Nada disso. Todos querem ficar. Não é turma? Silêncio.

— Viu? Todos querem ficar. Então, você vai ajudar também.

— Estamos num impasse — disse o Professor Coruja.

— Acho que estamos é num beco sem saída — falou Deputado.

— Foi o que eu disse.

— Estamos é numa fria!

— Psiu!

— Psiu também!

— Vamos entrar agora. Passe a lanterna, Meia-Noite.

— Toma.

— Eu disse a lanterna. Isso aí é o Paparikos!

— Por isso é que não acendia...

Engatinhando, um atrás do outro, empurraram vagarosamente a porta e penetraram na casa. Quando todos estavam do lado de dentro, sentaram-se um minuto para respirar. Os sentidos todos atentos. Professor foi o primeiro a reparar.

— O chão está limpinho. Você reparou, Piloto?

— Quer dizer que essa casa não é abandonada.

— Esperem — falou Marcha-Lenta. — Estão escutando alguma coisa?

— O quê? Eu não ouvi nada.

— Eu também não, Deputado. Só queria confirmar.

— Gordo relaxado! Fica passando medo na gente não!

— Eu ouvi uns estalinhos: tic, tic...

— Isso é a madeira que dilatou durante o dia com o calor, Xeretinha — explicou o Professor Coruja.

— Liga a lanterna.

Piloto-das-Coisas ligou. E todos puderam ver. Era uma grande sala cheia de coisas velhas. Estantes, baús, rocas de fiar, cabides para chapéus, uma mesa imensa no meio.

— Acho bom a gente ir embora. Isso aqui tem dono. Não pega bem a gente ficar zanzando por aqui — cochichou Marcha-Lenta.

— O papai deu certeza de que era uma casa abandonada — retrucou Xeretinha.

Aos poucos foram perdendo o medo e dando linha à curiosidade. Xeretinha nem parecia a mesma. Já estava ocupada em abrir uma das gavetas do armário. Piloto-das-Coisas continuava iluminando cada canto do cômodo, atrás de mais novidades. Do outro lado, uma estante cheia de livros. Foram até lá.

— Que tantão de livros!

Professor Coruja tirou um volumão pesado da primeira estante.

— Sobre o que é?

— Ah, é a lista telefônica da cidade.

— Muito interessante...

— Pegue aquele outro.

Meia-Noite obedeceu. Piloto-das-Coisas iluminava as páginas já escurecidas pelo tempo.

— Que língua é essa?

Ninguém sabia.

— Zerémpetp catiritam pitirum...

— Publicaram os discursos do Paparikos — gozou Deputado.

— Estão parecendo palavras mágicas.

Olharam outros volumes. A mesma coisa. Todos os livros estavam escritos naquela estranha língua. Mas Xeretinha descobriu um diferente. Enquanto todos se distraíam com a estante, sobre a escrivaninha ela encontrou outro maior, aberto numa página em branco. Quando chamou, todos correram para ver a novidade.

— Que esquisito. E pra que serve um livro sem nada escrito?

Todas as páginas seguintes estavam em branco. Então, voltaram à primeira. Estava preenchida!

— Manuscrito.

— É. Olha ali. Parece que a pessoa está escrevendo com uma pena.

Num cantinho, estava a pena enfiada num potinho de tinta. Olharam a capa do livro.

— His... Histó.

— História.

— História das... das o quê?

— Desin... ven... Desinvenções.

— História das Desinvenções.

— Que que é isso? — perguntou Xeretinha, curiosa.

Professor tomou a frente. Aquilo era com ele mesmo. Olhou a primeira página, onde estava escrito em letras grandes e bordadas: "PRIMEIRA E ÚNICA HISTÓRIA DAS DESINVENÇÕES". E um subtítulo: "Diário da Grandiosa e Derradeira Obra de Um Mágico Aposentado". Mais embaixo, a assinatura: Hafilazundum Dbum Aipoft Zaptbum Uipuft Dum Gabum Tóim Von Tibum.

— Sei não — disse o Professor Coruja, antes de olhar o primeiro capítulo. — Acho que a gente está esquentando.

— «A Desinvenção da Televisão». Não é isso?

— É.

— Ué, quer dizer que a televisão foi desinventada? — admirou-se Xeretinha.

— Veja adiante.

Foram passando os capítulos. Cada dia uma coisa, na mesma ordem dos estranhos acontecimentos, que colocaram o mundo em pé de paz.

— Gente, acho que descobrimos o ninho da égua. O lugar onde o autor de tudo isso está escondido! — falou Piloto-das-Coisas, emocionado.

— O esconderijo do Desinventor!

— Vejam só o último capítulo. Que dia é hoje? — perguntou o chefe da turma.

— Quinta-feira.

— Aqui está como sexta...

— Já está com data de amanhã.

— Então amanhã os relógios de todo o mundo vão virar fumaça!

— Não tem importância. Parece que meu relógio está estragado. Só sete horas, vejam só, se pode!

Ali estava o que procuravam. O livro provava que alguém estava fazendo tudo aquilo. Mas agora que sabiam, não tinham idéia de como agir.

— E agora? — quis saber Xeretinha.

— Boa pergunta...

— Estamos num impasse — repetou Professor Coruja. — Acho que não podemos contar pra ninguém. Primeiro, porque as pessoas não vão acreditar na história de um mágico que desinventa as coisas. Depois, se a gente contar, o que poderão fazer?

— Vir aqui e pegar o homem! — falou Meia-Noite.

— Não, Meia-Noite. Você acha que alguém que desinventa o mundo vai ficar atrás das grades?

— É... Ele desinventa as grades e pica o burro, né?

— Eu estou com medo. — choramingou Xeretinha.

— Não precisa ter medo. A gente tem quase certeza de que essa pessoa não é má.

— É, maninha. No máximo você pode ficar apavoradinha...

— Não amola.

De repente, ouviram passos pela casa. Piloto apagou a lanterna. O ruído vinha aumentando. Era alguém arrastando os chinelos. Todos se calaram. Aqueles passos rastejantes se dirigiram para a sala. Piloto-das-Coisas, com a responsabilidade de chefe, tinha que tomar uma atitude. Rápida e drástica. Nem um pouquinho heróica, mas salvadora: dar no pé!

— Todo mundo pra dentro daquele baú!

Foi sorte: o imenso baú estava vazio. Toda a turma entrou, mas Piloto lembrou que havia deixado a lanterna em cima da escrivaninha. Voltou para procurar. Não encontrou. Alguém já apanhara e ele voltou afobado para o baú. Então, um velho de barbas brancas e longas entrou na sala. Vinha enfiado numa grande camisola branca. A ponta de seu capuz comprido lhe caía até o ombro. Na mão, uma caveira que engolira uma vela acesa: era um lampião. Piloto-das-Coisas olhava o movimento do mágico através da fresta que deixara, enquanto segurava a tampa do baú. Só depois de alguns instantes foi que percebeu: o resto da turma havia desaparecido! Ele estava sozinho no grande baú, naquela casa maluca!

SEGUNDA PARTE

DUAS GOTAS DO FUTURO

I

Em vez de um fundo plano naquele baú a turma, que entrara antes de Piloto-das-Coisas, achou uma escada que parecia descer infinitamente para o centro da Terra. Estava tudo muito escuro, mesmo com Professor Coruja indo à frente com a lanterna. Desceram muito tempo por um corredor estreito, até que a escada terminou. Era uma sala pequena construída naquele subterrâneo. Não havia nada. Só aquelas duas portas.

— Onde está o Piloto-das-Coisas? — perguntou Xeretinha.

— É mesmo! — disse Meia-Noite. — Eu pensei que ele estivesse atrás de mim.

— Ele voltou não sei pra quê.

— De qualquer modo — ponderou Professor Coruja — ele terá de descer pela escada. Daqui a pouco ele chega.

— Onde é que nós estamos? Está muito escuro. Eu quero ir embora!

— Marcha-Lenta, precisava trazer sua irmã? Olha aí, vai começar a fazer birra de novo!

— Xeretinha, tenha dó! A gente já está por aqui de problemas!

— Mas está escuro demais. Dá até pra apalpar a escuridão.

— Isso aí não é a escuridão, é o Meia-Noite. Dê uma risadinha pra ela ver seus dentes!

— Engraçadinho! Vai tomar um coque agora mesmo!

— E essas duas portas? Onde vão dar? — perguntou Deputado, mudando de assunto.

— É bom a gente não ir pra lugar nenhum. O Piloto pode aparecer e não encontrar a gente.

— Ora, eu queria só saber.

Xeretinha inquietou-se. Só agora havia notado as duas portas naquela pequena sala.

— Não custa nada uma olhadinha. Vai ver que ali é a porta de saída. Se for, a gente espera o Piloto e vai embora.

— Eu também tenho de ir embora — falou Meia-Noite.

— Minha mãe vai me arrancar a orelha. Quantas horas?

Professor Coruja iluminou o seu relógio de pulso.

— Acho que vai ser a última vez que vou olhar pra esse relógio. Amanhã não haverá mais nenhum sobre a Terra. São sete horas da noite.

— Uai, de novo?! Sete horas foi quando a gente chegou nessa casa maluca! — exclamou Marcha-Lenta.

— Seu relógio só sabe contar até sete? — indagou Meia-Noite.

— Deve ter parado.

Professor levou o relógio ao ouvido.

— Gozado. Ele está trabalhando. Mas os ponteiros parecem não sair do lugar!

— Também, não importa, Professor. Amanhã ele vai sumir mesmo...

— Desinventado... E meu pai nem pagou a última prestação.

— Será que tem garantia pra desinvenção?

Xeretinha irritou-se. Muita lorota e pouca ação. Resolveu tomar a frente. Foi até uma das portas e abriu-a.

— Olha lá!

Todos acudiram para ver de que se tratava.

— Um túnel.

— Será onde vai?

— Parece que tem luz lá na frente. Deve ser a saída!

— Vamos lá ver. Se não for, a gente volta — chamou Xeretinha.

Todos concordaram. Avançaram para a luz, um pisando o calcanhar do outro.

Enquanto isso, Piloto-das-Coisas estava encabulado, sem entender como fora que a turma havia sumido. Apalpou o fundo do baú de um canto ao outro. Ele estava sozinho ali dentro! Como é que podia ser? Ele vira todos entrarem, poucos segundos antes dele! Foi quando descobriu, num dos cantos, uma argola. Puxou. Abriu-se um alçapão, por onde ele pensou que seus amigos tivessem saído. Penetrou por ele, descendo por uma escada. Foi sair num pequeno cômodo de paredes de metal e sem nenhuma mobília. A turma não estava ali. Que coisa estranha! Como é que aqueles malucos podiam tê-lo deixado sozinho? Duas janelas altas deixavam penetrar luz no ambiente. E uma porta de aço. Certamente teriam saído por ali. Abriu a escotilha e atravessou para o outro lado.

Não podia ver nada. Havia um nevoeiro muito denso. Achou estranho que estivesse claro, apesar de tudo. Estava na rua, mas parecia que a tarde nem mesmo tinha acabado. Isso era impossível. Só se o tempo estivesse correndo para trás! E aquela fumaça? De onde viria? Resolveu chamar pelos amigos. Talvez eles estivessem perdidos no meio daquela neblina. Gritou. Seu chamado ficou sem resposta. Resolveu retornar. A fumaça judiava de seus olhos e pulmões. Já não podia respirar direito. Suas vistas queimavam. Alguma coisa devia ter ocorrido no mundo, para que ele ficasse assim todo coberto de nuvens. Tateou, procurando a escotilha por onde havia saído, mas em vão. Não conseguia encontrar mais nada. Mal podia ver seus próprios pés. Olhou para cima. Nada.

Chamou novamente pelos amigos. Por alguém. Será que não vivia mais ninguém naquele lugar?

Foi quando alguma coisa pareceu estar se movendo no nevoeiro. Algo caminhava em sua direção. Piloto foi se afastando, até se encostar numa parede. Não parava de tossir. E seus olhos lacrimejavam sem parar. Mesmo assim ele continuava a observar a sombra que vinha ao seu encontro. Caminhando. Caminhando. Parou a uns três passos. Piloto-das-Coisas não conseguia ver claramente a fisionomia daquela pessoa. Parecia alta. Muito alta. Devia ser um homem enorme, de mais de dois metros. Então aquele ser curvou-se sobre ele. E Piloto pôde ver. Foi um susto. Pensou que fosse um monstro, até que descobriu que ele usava uma estranha máscara. Foi só o que agüentou esperar. A fumaça era demais. Piloto acabou desmaiando.

Enquanto isso, a turma também tinha suas surpresas. Mal entrou no túnel, a porta bateu sozinha. Meia-noite, que era o último, jurou que não havia puxado. Professor Coruja então pediu que ele a abrisse novamente pois, caso Piloto aparecesse antes deles voltarem, saberia por onde tinham entrado. Entretanto, misteriosamente a porta havia sumido atrás deles. Havia apenas uma parede de pedras!

— E agora?

Estavam todos com uma pontinha de medo. Professor Coruja viu que não podia deixar que todos começassem a tremer, pois agora era preciso seguir em frente. Era a única maneira. E talvez fosse a saída.

— Ah, não desanimem! De qualquer maneira, nós íamos pro outro lado mesmo! Vamos dar um jeito de encontrar uma saída. Se Piloto-das-Coisas estivesse aqui, ele faria o mesmo.

Já quase na saída do túnel, não foi preciso mais ficar com a lanterna ligada. A luz que vinha do lado de fora era suficiente. Mas a turma teve que fazer o resto da jornada engatinhando, pois a passagem ia ficando cada vez mais estreita.

— Acho que saímos num bueiro — falou Meia-Noite.

— Acho que saímos numa torneira, isto sim! — reclamou Marcha-Lenta, em dificuldades com sua gordura.

— Ih... já está de dia! Acho que nós ficamos mais tempo dentro daquela casa do que imaginamos! — assustou-se Deputado.

— Mesmo assim, é impossível. Não dava pro sol ficar tão alto.

Professor olhou o relógio. Sete horas. E funcionando.

— Como é? — protestou Marcha-Lenta, o último da fila. — Nós vamos sair ou vamos ficar o resto da vida dentro desse dedal? A paisagem daqui não é muito boa não!

Professor Coruja empurrou a grade do bueiro e saiu. Xeretinha veio em seguida.

— Nossa! Que lugar esquisito!

Deputado e Meia-Noite pularam fora.

— Êh, êh... Essa parte da cidade eu não conhecia. Nem ninguém nunca falou dela — confessou o pretinho. — A gente não saiu na cidade certa não.

— Como não? A gente não caminhou nem cem metros!

— É, — concordou Professor Coruja — está muito estranho isso por aqui. Parece cenário de filme de ficção científica.

Todos ficaram extasiados. Grandes prédios cilíndricos brotavam do chão pavimentado, crescendo para o céu, até encontrarem as nuvens. Centenas, milhares de prédios assim. Todos feitos de metal. Alguns terminavam em forma de esfera. Pareciam imensos globos de vidro. Surpreendente também era o chão. Parecia feito de acrílico. Passaram as mãos, tentando descobrir que material era aquele. Estava impecavelmente limpo.

— Afinal, onde é que a gente se meteu?

— Em Marte — sentenciou Deputado. — Ou melhor: na embaixada marciana na Terra. Isso é coisa de outro planeta. Está limpo demais pra ser cidade terrestre. Não tem nem um grãozinho de areia no chão. Nem uma poça de esgoto.

— Agora eu não sei o que dizer — disse Professor. — Mas só tem uma maneira de descobrir: é a gente dar uma olhadinha por aí.

Marcha-Lenta empacou.

— Epa! E o Piloto-das-Coisas? Ele é quem está comandando. E eu também não quero sair andando por aí não. Sei lá se esses marcianos são de brincadeira? Podem até ser comunistas. E minha mãe disse que comunista corta o peru da gente.

— Ih! Quem tem direito de falar besteira aqui sou eu! Vamos organizar essa turma! — protestou Deputado.

— Gordo, marciano, quando muito, pode ser marcianista!

Marcha-Lenta não se convenceu.

— Essa não. Não é à toa que Marte é chamado de planeta vermelho.

— Deixa de lorota, Marcha-Lenta. Você está é borrando de medo. Até sua irmã caçula está com a gente. Voltar não tem jeito. Pode ser que a gente ache uma maneira de ir para casa por outro lugar.

Marcha-Lenta não teve saída. E a turma começou a explorar aquele mundo fantástico, caminhando no meio de uma floresta de construções metálicas e reluzentes, que pareciam cutucar a barriga do céu.

II

Piloto-das-Coisas acordou horas depois, deitado numa cama. Uma forte luz incidia sobre seus olhos, impedindo que ele os abrisse. Só podia perceber a presença de outras pessoas no local pelo ruído de seus passos. Após alguns minutos foi que alguém percebeu que ele já havia despertado. Apagaram a luz. Retiraram a máscara de oxigênio de seu rosto.

Eram três pessoas que estavam na sala com ele. Todas muito altas. Mesmo uma delas, que parecia a enfermeira, tinha uma altura muito maior que a normal, para as mulheres que ele conhecia. Tentou sentar-se. Os outros dois ajudaram-no.

— Você se intoxicou.

Ficou feliz em ouvir uma voz amiga. Era a primeira que ele ouvia, desde que pulara para dentro do baú.

— Muita fumaça. Eu fiquei sufocado.

— Seus olhos ainda estão ardendo?

Piloto-das-Coisas instintivamente piscou, repiscou.

— Não, eu estou legal, agora.

— Ótimo!

As três pessoas que cuidavam dele, apesar de estarem ali, onde não havia neblina, conservavam as máscaras. Iguais àquela que ele vira com o homem, quando chegara naquele lugar tão enfumaçado. Não disse nada, porém. Agora sentia-se bem, apesar de dois centímetros de medo, que ele escondia.

Um dos homens veio com alguma coisa numa das mãos. Um aparelho estranho. Piloto retraiu-se, quando ele tentou encostar-lhe o objeto.

— Não precisa ter receio. Só quero fazer um exame.

Ainda desconfiado, o menino deixou que o homem lhe tomasse o pulso, onde encaixou o instrumento. A enfermeira procedia da mesma forma. Ora encostando-lhe uma máquina nas costas, ora examinando-lhe os olhos. Depois, colocaram um capacete estranho em sua cabeça.

— Pronto. Você não tem nada, felizmente.

Piloto-das-Coisas respirava profundamente. Tinha uma série de perguntas a fazer. Que lugar era aquele? Que gente era aquela? Não podiam ser pessoas normais. Eram demasiadamente altas e esguias. Suas cabeças, cobertas por capuzes, pareciam grandes demais. E por que não retiravam as máscaras?

— O homem que me achou...

— Ah, sim.

Um dos que o examinavam aproximou-se.

— Fui eu. Você estava aqui bem perto do hospital. Foi sorte sua. E minha. Você poderia ter sofrido algo muito sério com essa poluição toda lá de fora.

— Obrigado.

— Que isso, garoto. Foi realmente um prazer ajudar você.

Piloto resolveu obter algumas respostas. Pretendia esclarecer suas dúvidas. Contudo, o homem também parecia interessado em saber coisas.

— Você não devia ficar andando por aí assim...

Piloto não soube como explicar.

— É...

— Onde você mora?

Piloto-das-Coisas deu o endereço. O homem franziu as sobrancelhas.

— Você parece muito inteligente. Quando foi que nasceu?

— Nasci em janeiro de sessenta e oito.

— Mil novecentos e sessenta e oito?

O menino sorriu.

— Claro. Mil novecentos e sessenta e oito. Tenho onze anos.

O homem deixou escapar qualquer coisa. Piloto não pôde distinguir o que ele havia falado claramente. A máscara abafava bastante sua voz. Foi alguma coisa parecida com dois mil e onze. Dois mil e onze? O que tinha a ver aquele número com a conversa dos dois?

— O senhor sabe onde está minha casa?

O homem ficou um pouco atrapalhado. As outras duas pessos que estavam com ele vieram ouvir a conversa.

— Não se preocupe — disse ele.

— Eu queria perguntar umas coisas também.

Os homens se entreolharam.

— Por enquanto, você vai ter que esperar. Primeiro deve comer alguma coisa. Está com fome?

— Mais ou menos. Quantas horas?

— Sete horas da noite.

— Sete? Mas estava claro lá fora!

— Ah, essas luzes. Não é o sol. Eu vou explicar. Por enquanto, descanse. Seu lanche já vem. Depois, vamos ter uma longa conversa.

Os três saíram e Piloto ficou sozinho naquele quarto. A cama era muito alta, por ser feita para aquelas pessoas imensas. As paredes repletas de aparelhos desconhecidos. A enfermeira voltou trazendo para ele um copo de suco e um sanduíche. O gosto da comida era estranho. Não conseguiu distinguir sabor de nada conhecido. Mas era bom. Depois que terminou, ficou esperando que as pessoas voltassem. Após alguns minutos de espera, já estava resolvido a pular da cama e sair, quando um outro homem entrou no quarto. Vinha vestido com uma túnica diferente, mas trajava também um capuz e uma máscara.

— Como está, garoto?

— Tudo bem.

— Acabou seu lanche?

— É...

— Você pode me acompanhar, por favor.

Piloto-das-Coisas pulou de cima da cama. O homem abriu a porta e ambos saíram. Seguiram por um longo corredor, até uma sala, onde o menino sentou-se numa poltrona confortável. O homem ficou de pé, olhando para ele.

— Eu fui designado para responder suas perguntas — começou o gigante. — Há muita coisa que terei de esclarecer. Acho que primeiramente você deve ver uma coisa.

Piloto-das-Coisas estava curioso e impaciente. Por isso, quando o gigante começou a falar, sentiu um certo alívio. Finalmente poderia saber o que é que estava acontecendo.

— Antecipadamente, quero prevenir que isso pode ser um pouco chocante para você. Mas não tenha medo. Nós não vamos lhe fazer mal.

— Vocês são de outro planeta? — perguntou Piloto, pensando na teoria de Deputado.

O homem deu uma curta risada.

— Não. Não se trata disso. Você está na Terra. Na sua cidade, aliás.

Antes que o menino fizesse outra pergunta, o homem desceu o capuz que lhe cobria a cabeça. E retirou a máscara. Piloto-das-Coisas não achou no fundo do coração, nem nos bolsos das calças, uma palavrinha para dizer. Apenas ficou olhando aquele ser feio e triste, de pé no meio da sala. O gigante não tinha um fiozinho de cabelo na cabeça. As orelhas eram grandes, bem como o nariz.

Por outro lado, as sobrancelhas eram cerradas, quase que tapando completamente os olhos. O ser deixou a túnica cair. Então, Piloto pôde ver as formas do corpo daquele homem, antes escondidas pela roupa larga. O tórax era extremamente desenvolvido, tomando conta de quase todo o tronco. O resto do corpo era pequeno em relação a ele. Os braços e as pernas eram finos e alongados. O gigante possuía traços humanos, mais se parecendo, entretanto, a uma caricatura. Um personagem de revista em quadrinhos. O menino sentiu até uma vontade de rir. E depois teve dó. Não sabia explicar por que, mas um sentimento de pena dilatou-se dentro dele.

— Agora todos poderão tirar as máscaras e essas túnicas. Nós colocamos essas coisas por sua causa.

— Ah...

— Bem, acho que posso começar a responder suas perguntas. Eu posso lhe garantir, com antecedência, que minhas respostas não serão menos assustadoras, para você, que minha aparência — Piloto-das-Coisas ficou calado, por alguns segundos, ainda olhando o rosto desproporcional do gigante.

— Onde eu estou?

O gigante sentou-se numa poltrona, em frente ao menino.

— A pergunta não é bem onde você está. Mas quando.

— Quando?

O homem balançou a cabeça.

— Nós não sabemos como foi que você chegou aqui. Deve ter atravessado alguma barreira do tempo. Você caminhou dois mil anos no tempo!

Piloto-das-Coisas sentiu o coração abaixo de zero grau. Dois mil anos! Levantou-se quase que num pulo. Não sabia o que ia fazer. O impulso era sair correndo, como se isso fizesse que o tempo retornasse. Mas suas pernas estavam bambas e assustadas.

— Calma, rapaz!

Piloto-das-Coisas foi até a janela e ficou olhando a fumaça através do vidro.

— Acho melhor nós darmos uma volta. Vou lhe contar muitas coisas que aconteceram na Terra, desde o tempo em que você veio. Agora não é hora de ficarmos preocupados. Nossos cientistas darão um jeito na situação.

O menino sentiu um novo alento com a promessa do gigante.

— Quer dizer que vocês vão tentar me mandar de volta?

O homem fez um sinal muito vago com a cabeça, mas para o menino a resposta foi o suficiente.

III

Dessa vez, Piloto-das-Coisas colocou uma máscara especial, que lhe permitia caminhar lá fora, como há centenas e centenas de anos atrás ainda faziam os habitantes da Terra. Para proteger seus olhos contra a perigosa poluição, colocou um tipo especial de óculos, que também aumentava a visibilidade no nevoeiro.

Saíram do hospital. Todas as portas eram feitas naquele sistema de escotilha, para evitar a poluição da parte externa. Era como se o homem estivesse habitando um outro planeta, onde as condições de vida não lhe fossem propícias. Na verdade, a Terra havia se transformado num mundo hostil à vida.

Já do lado de fora, a primeira coisa que o menino reparou foi que, mesmo com os óculos, a visibilidade continuava escassa. Tentou olhar o céu. Viu apenas os edifícios subindo, mergulhando, até sumirem totalmente naquela densa nuvem. Tudo cinza. Tudo extremamente triste.

— O que foi que aconteceu, afinal de contas? O que vocês fizeram do mundo?

Começaram a andar.

— Tudo começou há muito tempo. Vamos dizer assim: tudo começou no seu tempo ainda. Ou antes. O que houve foi um completo abuso do ser humano, que se esqueceu de uma coisa muito simples.

— O que é?

— O equilíbrio ecológico.

— O que é esse equilíbrio?

— É o relacionamento dos seres vivos entre si e com a Natureza. Vou dar um exemplo: num lugar existem várias espécies de animais, cada espécie depende de outra para sua sobrevivência. O lobo caça o coelho. O coelho come um certo tipo de erva. Tudo vai acontecendo harmoniosamente. Um dia, chega o homem. Faz ali sua fazenda. Coloca uma criação de ovelhas. As ovelhas comem as ervas, que eram o pasto para os coelhos. Na falta de comida, os coelhos vão ficar escassos. Aí, os lobos vão caçar outra coisa. O quê?

— As ovelhas do fazendeiro.

— Isso. Mas o fazendeiro não vai gostar. E vai passar a matar todos os lobos, para salvar seu rebanho. E o que acontece?

— Os coelhos vão aparecer de novo.

— Certo. Um grupo que sobrou vai se multiplicar demasiadamente, porque não há mais lobos para caçá-los. E estará criado novo problema. Para tantos coelhos e ovelhas não haverá erva bastante. Os coelhos vão comer outros tipos de vegetais. Provavelmente a plantação do fazendeiro. Percebeu como há uma corrente louca de desequilíbrio na Natureza?

— Então o homem está aí só pra desequilibrar?

— Não. Todos têm sua função. O homem é um animal como qualquer outro, com seu papel no equilíbrio da Natureza. Mas acontece que o processo de seleção natural, pouco a pouco, foi deixando de agir sobre ele.

— Seleção natural?

— É. Os animais fracos e doentes morrem. É o meio de que a Natureza se utiliza para evitar uma explosão de indivíduos em cada espécie. E só os mais fortes e perfeitos vão sobrevivendo. Ela controla e aperfeiçoa. Acontece que o homem evoluiu. Tornou-se o rei dos animais. Não pela força, mas pela inteligência. Não era mais a caça. Apenas o caçador. E a medicina, a cada dia, foi sendo aperfeiçoada. Hoje nós não temos mais nenhum tipo de doença fatal. Além de tudo, conseguimos prolongar consideravelmente nossa vida. Um homem de hoje vive em média cento e cinqüenta anos.

— Cento e cinqüenta!

— Na sua época isso ainda era raro. Geralmente, quando alguém alcançava essa idade, já estava completamente gagá. Hoje isso é comum. E um homem com seus oitenta é considerado um jovem.

Andaram por várias ruas. Era interessante como a cidade tinha as ruas vazias e estreitas.

— Por que as ruas são tão estreitas? Por aqui não daria nunca para um carro passar.

— Os veículos a que você se refere são coisas do passado. Tornaram-se dispensáveis e inconvenientes. Hoje temos o teletransportador: a pessoa é desintegrada aqui, para aparecer onde quiser, em segundos. Essa parte da cidade é nova. A parte velha foi totalmente abandonada. Está muito contaminada e obstruída. Mas podemos passar por perto, para você ter uma idéia.

Caminharam alguns minutos, enquanto o gigante ia falando sobre novos inventos da tecnologia e suas utilidades. Piloto-das-Coisas estava boquiaberto. Quanto progresso o homem havia conseguido! No entanto, ainda estava implicado por que as formas do corpo humano haviam mudado, tornando-se o homem um ser tão diferente.

Finalmente, seu guia avisou que estavam chegando. Pararam numa cerca, onde havia uma placa com os dizeres: «ÁREA PERIGOSA».

— Veja.

Piloto-das-Coisas ficou mudo por longo tempo. Lá estava: o centro da cidade. Alguns prédios ele mesmo ainda podia reconhecer, depois de tantos e tantos séculos. Pouco além da cerca começava uma verdadeira montanha de automóveis. Todos empilhados e abandonados. A área onde se localizava a cidade fora transformada num imenso depósito de lixo.

— Toda a cidade está cheia deles. Foram anos e anos que gastamos para construir a nova metrópole. No mundo inteiro ocorreram coisas assim.

— Mas por que tudo abandonado? A cidade está cheia de carros pelas ruas, não é?

— Completamente tomada.

Aqueles automóveis impressionaram Piloto de maneira especial. Não podia entender como havia tantos carros, se eles foram desinventados pelo mágico, dias antes da turma entrar no baú. Mais um mistério que iria para seu bolso. Quando encontrasse o Mágico Desinventor iria esclarecer tudo isso. Vendo o rosto pasmado do garoto, o gigante resolveu continuar suas explicações.

— Vamos falar disso. Ocorreram certos fatos terríveis sobre a Terra nesses dois mil anos. Mas é melhor sairmos daqui.

Enquanto voltavam para a cidade nova, Piloto-das-Coisas tomou conhecimento da triste história da humanidade, naqueles séculos que o separavam de seu tempo.

— Havia cidades grandes no seu tempo, não é?

— Claro. Eu morava naquela ali que vimos. E havia outras bem maiores. Nova York, Cidade do México, Tóquio, São Paulo...

— Pois aí está o começo de tudo aquilo que você viu. As cidades foram crescendo de maneira incontrolável e incontrolada. Era impossível administrar uma megalópole do tamanho de São Paulo. Cidades e cidades inteiras iam se emendando. Formaram um complexo inteiro. A vida, logicamente, ficou insuportável. A poluição, em todas as formas possíveis. Barulho, sujeira. Mesmo assim as cidades cresciam. A população aumentava a cada segundo. Uma casa aparecia a cada instante. Um edifício por minuto. Um ritmo sem par. Tudo isso massacrava o homem.

Ele era vítima de sua obra. Mas assim mesmo as cidades cresciam. As ruas abarrotadas de carros, que andavam colados uns aos outros. Lentos. Era impossível andar a pé, mas também era impossível andar de carro. Tudo foi destruído em função do automóvel. Jardins, praças, clubes. Tudo foi se transformando em estacionamento. Prédios antigos, relíquias do passado. O homem não pensava mais no passado. Era um alucinado correndo para um abismo. E um dia ele caiu. E que tombo, nossa!

Os dois interromperam a caminhada. Piloto ficou olhando o rosto mascarado do seu guia.

— O que você quer dizer com isso? — perguntou o menino.

— Isso que eu contei não aconteceu numa época muito distante da sua. A paz atômica revelou-se uma grande mentira.

— A paz atômica?

— Era como chamavam, no seu tempo, a paz gerada pelo medo de uma guerra com armas atômicas. Por saber que um conflito desse tipo eliminaria tanto vencidos como vencedores, o homem se iludia com essa falsa paz. A paz atômica. Mas novas armas foram inventadas. Armas atômicas que não poluíam. E à medida que eram inventadas, os homens pareciam perder a noção da realidade. Infelizmente, um dia aconteceu.

— Uma guerra atômica?!

— Sim. Uma guerra total. Com todas as armas disponíveis. Uma guerra biológica, uma guerra atômica. O caos total!

— Que absurdo! — exclamou Piloto-das-Coisas.

— Foi o que se concluiu depois. Quando tudo cessou. Quando só uma sombra esfarrapada e doente da humanidade rastejava pelas brenhas do mundo. Porque, depois de tudo, o homem tornou-se a única forma de vida superior que tinha os calcanhares no chão sofrido do planeta.

Até mesmo as plantas haviam desaparecido. O mundo era um imenso deserto!

Era uma história triste. A história mais triste que alguém poderia imaginar. Aquilo que todos pensavam ser impossível, há dois mil anos, acontecera. E suas terríveis conseqüências a humanidade sentiria por centenas de séculos.

— Isso tudo tem a ver com o que você viu. As pessoas abandonaram tudo que possuíam. Fugiram para os abrigos antiatômicos, ou para regiões ainda desertas do globo. Depois, quando tudo terminou, os que sobraram não retornaram para seus lares. Era impossível recuperar o passado. Então, novas cidades apareceram.

O gigante deteve-se diante da escotilha de um prédio. Abriram e entraram. Na ante-sala de descontaminação, enquanto esperavam, conversaram sobre aquela densa nuvem de poluição que cobria o mundo.

— Pensando bem, a guerra acabou sendo o único meio de equilíbrio, não é? — comentou Piloto-das-Coisas.

— Eu esperava que você dissesse isso. Realmente, tornou-se o único meio. Mas não é natural. Foi conseqüência do próprio mecanismo absurdo que o homem criou. Ele destruiu todas as espécies de vida que coabitavam esse planeta com ele. No fim, quando estava sozinho, começou sua própria destruição.

— E essa poluição toda?

— Isso, como já falei, tem uma origem muito antiga. Com a industrialização, o homem passou a poluir com maior intensidade. Enquanto multiplicavam-se as indústrias, tanto os rios como o solo e o mar iam sendo poluídos. Seria fácil evitar isso mais cedo. Veja só: quando você joga lixo num terreno baldio, com o tempo esses detritos vão se desmanchando, apodrecendo. Vão se integrando novamento no ciclo natural. Tornam-se matéria orgânica que será, por sua vez, aproveitada por uma planta, por exemplo. Mas o homem começou a produzir coisas que não eram naturalmente absorvidas. Uma garrafa plástica sempre será uma garrafa plástica. Sempre vai ficar por ali. E muitas coisas piores. Líquidos e gases que não se diluíam com a água e o ar. Então, a Terra não mais agüentava o ritmo da poluição.

A porta abriu-se. Podiam entrar, agora que já estavam esterilizados, limpos da sujeira do mundo exterior. Piloto-das-Coisas ia conhecer lojas e lugares da vida cotidiana daquela gente. Tudo agora funcionava dentro de prédios. Prédios que pareciam grutas. O homem, na verdade, havia retornado às cavernas.

IV

Enquanto isso, Professor Coruja, Marcha-Lenta, Meia-Noite, Deputado e Xeretinha levavam adiante sua investigação naquele lugar de metal e plástico. Depois de muito andar sem ver um sinal de vida, a turma sentou-se ao pé de um dos edifícios para descansar. À sua volta, centenas e centenas de prédios estranhos fincados no chão de acrílico.

— Turma, parece que aqui embaixo não há nada além do que vimos mesmo — comentou Professor.

— Eu não vi nada — disse Xeretinha.

— Pois é isso mesmo, boba. A gente vai ter de procurar noutro lugar — resmungou Marcha-Lenta.

— Não vejo onde — disse Meia-Noite, espichando o beiço.

Professor apontou o dedo para cima. Todos olharam.

— Lá naquelas bolas de vidro?

— Parece que sim.

— E como nós vamos subir tão alto? — indagou Marcha-Lenta.

— Deve ter um jeitinho. Uma escada, um elevador. Ou será que, se alguém mora lá em cima, ele jamais precisaria pôr os pés aqui embaixo?

Todos puseram-se a procurar alguma porta na grande coluna de metal, onde haviam se encostado para descansar. Professor e Meia-Noite foram contornando por um lado. Deputado, Xeretinha e Marcha-Lenta seguiram pelo outro. Encontraram-se minutos depois, sem que tivessem notado qualquer abertura, ou trinco. De repente, antes que pudessem fazer qualquer comentário a respeito, ouviram um zumbido. Ao comando de Professor Coruja, todos se agacharam e ficaram a observar o que estava acontecendo. Uma estranha máquina veio deslizando lentamente por entre a floresta de cilindros, até parar numa das colunas, próxima da turma. Então, uma grande porta abriu-se e a máquina entrou. Quando tudo voltou ao sempre assim, correram todos para o local e tentaram descobrir qualquer vestígio da porta. Nada.

— Vocês estão vendo alguma coisa? — indagou Deputado, intrigado, enquanto esfregava a mão pela parede lisa do prédio.

— Ham, ham.

— O que será que faz a porta abrir?

— Pode ser um sinal eletrônico — sugeriu Meia-Noite.

— Pode ser uma coisa mais simples também. O peso da máquina, por exemplo.

— Vamos tentar ficar juntos no ponto certinho onde ela estava. Se a porta abrir, a gente entra — planejou Marcha-Lenta.

Correram para o local. E deu certo. Segundos depois, a imensa porta escancarou a boca. Correram para dentro do cilindro. Uma fraca luz verde iluminava o local. Ao entrarem, a porta fechou-se e um zumbido esticou-se por alguns segundos. Sem que tivessem sentido qualquer movimento, foram deslocados até o fim do cilindro, na entrada da cúpula de vidro. Logo que a porta se abriu, correram para se esconder no lugar mais próximo.

A cúpula de vidro era fantástica. Os meninos estavam no meio de uma densa folhagem, que os fazia invisíveis para o mundo exterior. E de lá ficaram a contemplar aquela grande bolha transparente onde estavam. Era um jardim suspenso. Folhagens, flores e árvores das mais variadas espécies. No ar, alguns pequenos discos passavam em absoluto silêncio.

— Afinal, o que será isso aqui? — perguntou Meia-Noite.

— Um jardim suspenso, ora.

— Talvez uma estufa — opinou o Professor Coruja.

— Por que será que fizeram um jardim desse? Até agora não vi ninguém. Só máquinas e discos voadores! — implicou-se Xeretinha.

— É, mas alguém deve ter feito isso tudo.

— Brilhante dedução, Deputado!

— Ih... começou!

— É o que vamos procurar: os autores desse mundo estranho. Mas é melhor a gente continuar incógnito — falou Professor Coruja.

— E escondido. Ninguém deve saber que a gente está aqui.

— Santa mãe, Deputado! Foi o que eu disse!

— Ah, pra que tanto mistério? Quem cultiva rosas não pode ser mau. Minha mãe disse que não adianta gente de coração ruim plantar flor, porque não pega mesmo!

— O seguro morreu de velho. Sabe lá se é algum marciano?

— Chi...

— Deixem de conversa fiada, turma. Vamos começar a espionar por aí.

Esse negócio de espionar e andar a esmo era com Meia-Noite e Xeretinha. Puxaram o carro. Atrás deles, sempre engatinhando por entre as plantas, seguiu o resto do grupo. À medida que ia adiantando, o movimento de discos e máquinas era maior. Nem por isso, entretanto, era maior o ruído. Tudo extremamente silencioso. De tempos em tempos tinham que atravessar de um canteiro para outro. Às vezes detinham-se por longo tempo, em trechos onde o movimento de máquinas era intenso entre os canteiros.

Já fazia mais de hora que eles vasculhavam o jardim, sem encontrar nada de novo, além de ruas onde circulavam máquinas ou discos voadores, que navegavam pela abóbada transparente.

— Acho que por aqui é só isso mesmo. Que tal parar e descansar um pouquinho, hem?

Todos concordaram com Marcha-Lenta e sentaram-se entre as folhagens.

— Vocês não acham estranho que um lugar onde parece existir só robôs, máquinas e discos tenha um jardim tão grande?

— Pra dizer verdade, Meia-Noite, já estou ficando tantã. Depois que vocês tiveram a infeliz idéia de entrar na casa maluca daquele mágico, só tenho visto coisas sem sentido — falou Marcha-Lenta. — Quem sabe se nós não estamos sonhando, hem?

— Ah, essa é boa! Depois falam que eu sou o Prêmio Nobel da Nota Fora!

— E por que não, Deputado? Isso aqui não passa de uma miragem.

— Eu não gosto de miragens — choramingou Xeretinha.

— Eu também não. Portanto, se me dão licença, eu vou sair do grupo — despediu-se o gordo.

— Mas como, seu bobo? A gente não sabe onde é que foi parar a passagem de volta para a casa do mágico!

— É, aquela porta evaporou. E o bueiro, duvido que você encontre agora.

— Será que vocês não entenderam? Não saímos do lugar. Ainda estamos na sala, dentro do baú. Só que sonhando! De vez em quando eu sonho que estou sonhando. Aí acordo quando quero. É só apertar os olhos com força e puf, acaba o sonho!

— Então faz puf aí pra gente ver, gordo. Como é que pode ser bobo assim?

— Sua mãe não vende você não, hem?

— Não está vendo que nós também estamos aqui? Será que estamos todos sonhando com o mesmo lugar, com as mesmas coisas? — perguntou Professor Coruja.

— É uma hipnose coletiva — retrucou Marcha-Lenta.

— Ah, hipnose! Você está sentindo tudo que está em sua volta, está até conversando, falando besteira! — gozou Meia-Noite.

— Vocês vão ficar aí, então? Eu vou acordar, porque já deve estar tarde, minha mãe fica uma fera!

Professor olhou o relógio.

— Sete em ponto. Meu relógio também está hipnotizado...

— Não me critiquem. Não gosto de sonhos que vão contra meus pensamentos. Além do mais, não sei por que estou perdendo tempo. Até logo. Amanhã vou encontrar com vocês e contar tudo. Adeus sonho!

Marcha-Lenta fechou os olhos bem apertados e ficou um momento tentando desfazer toda a realidade. Quando tornou a abri-los, deu de cara com a turma mordendo uma gargalhada.

— Já de volta? Ah! ah!

— Negou o puf dele.

— Experimente um pif. Pif não costuma falhar!

— Acho que o mágico esqueceu de uma desinvenção. Devia desinventar a burrice.

— Não se preocupe, gordo. A sua inteligência é meteorológica: sujeita a chuvas de foras e trovoadas esparsas de besteiras. A do Deputado já é constante.

— Epa, Professor! A gente está gozando é o Marcha-Lenta! — protestou Deputado.

— Ah, é? O mágico devia desinventar a língua de vocês todos. Pelo menos eu tentei — protestou Marcha-Lenta.

Nesse ponto a conversa foi interrompida. Sem que pudessem fazer nada, viram-se descobertos por um menino. Um menino assim como eles. Mas tinha uma expressão muito diferente nos olhos.

— Ih, olhem aí: um menino! — espantou-se Xeretinha.

— E a gente pensando que só tinha máquinas nesse planeta!

O menino parecia abobado com a presenta da turma.

— Será que ele é mudo?

— Nó, que bacana. Agora a gente vai ter um colega marciano. Como é que que a gente vai conversar com ele?

— Oi, como é seu nome? — perguntou Xeretinha?

O garoto franziu a testa.

— Acho que ele não entendeu.

— Marciano não fala português. Du iú ispique inglix, hem?

— Que que o Deputado disse?

— Agora a gente não vai entender nem um nem outro.

— Ele perguntou se o menino fala inglês — explicou o Professor.

— Uai, e de que adianta? Se ele falar inglês, a gente não vai entender mesmo! — falou Xeretinha.

— Pelo menos ele vai poder levar a gente pra uma lanchonete.

— Eu já estou sentindo fome.

— Isso é.

O menino ia olhando impressionado um e outro, enquanto eles prosseguiam em suas tentativas de manter um diálogo. Aproveitando-se de uma pausa, o menino falou finalmente:

— O que vocês estão fazendo aí?

O grupo ficou surpreso e contente por ouvir o português alto e claro do menino.

— Ele estava aí entendendo tudo que a gente discutia.

— A gente estava escondido aqui — explicou Meia-Noite.

— Escondido? O que é isso?

— O que é escondido? Você está brincando!

— Não sabe não, é?

— Burrinho!

— Não...

— Escondido é burrinho? E o que é burrinho?

— Chi...

— Esse menino não está preparado para o diálogo — lamentou Professor Coruja.

— Não, escondido é quando a gente fica num lugar onde ninguém pode ver a gente.

— Mas ninguém não vê mesmo, porque ninguém não existe. E o que não existe não tem olhos. Portanto, não vê.

— O quê? — indagou Xeretinha, completamente enrolada.

— Ele é doido?

— Está bem. A gente não queria que alguém nos visse — esclareceu Professor Coruja.

— E por que vocês não queriam isso?

— Acho melhor nem explicar. Pelo jeito, você não ia entender mesmo. A turma não sabia se os habitantes desse mundo eram amigos ou não. Por isso que estava todo mundo escondido aqui.

— Qual seu nome?

—Ickis.

— Isso é um soluço ou um nome? — cochichou Meia-Noite.

— Eu não entendo o que vocês falam. O que é que estão fazendo no meio das plantas? Pra que estão escondidos? Voces não estão funcionando direito. Devem ter algum defeito.

— Quem não está funcionando direito da cabeça é você. E quem tem defeito é máquina! — falou Marcha-Lenta.

— Eu estou funcionando bem. E as máquinas não têm defeitos. Elas só ficam doentes e tristes. Mas eu não sei o que é ficar doente nem triste. É ruim. Antônio disse que é ruim. Vocês estão com defeito. Vou chamar o Antônio.

Marcha-Lenta virou-se para Professor Coruja. Segredou:

— Acho que isso aqui é hospício. É bom a gente não contrariar muito não, porque ele pode ficar com raiva. Aí, já viu, né?

Professor Coruja, apesar de não estar convencido de que o lugar fosse um hospício, concordou que deveriam mudar de comportamento. Não contrariar. Assim, lentamente, iriam conseguir as informações que pretendiam.

V

De repente, uma voz metálica interrompeu a conversa do grupo. O menino virou-se amedrontado para a direção de onde vinha o chamado.

— É o Antônio!

O grupo se entreolhou. O tal de Antônio devia ser muito brabo, pro garoto ter se assustado tanto.

— Você fugiu da escola?

A pergunta de Xeretinha intrigou novamente o menino.

— Que é escola?

— Escola? Então seus pais não colocaram você numa escola?

— Pais? Eu também não sei o que é isso.

— Ele está com amnésia — diagnosticou Professor Coruja.

— Não estou com nada. Não estou com essa coisa.

— Ah, você nem sabe o que é amnésia — gozou Deputado.

— E o que é isso?

— Ah, eu sabia, mas esqueci.

— Amnésia é quando a gente se esquece de tudo — explicou Professor Coruja.

O menino protestou.

— Eu não estou com amnésia. Eu não esqueci de nada. Antônio disse que eu guardo muito bem as instruções!

— E que diabo de Antônio é esse? — indagou Meia-Noite.

— Eu sou Antônio.

Por um momento todos ficaram com o coração marcando passo. Na frente do grupo, bem acima deles, estava parada uma estranha máquina em forma de lâmpada. Dela saíam vários braços mecânicos, enquanto a parte mais delgada apoiava-se num suporte em forma de prato. A máquina não chegava a tocar o solo. Ficava flutuando pouco acima dele, como se descansando sobre um colchão de ar. A esfera superior era transparente e emitia uma tênue luz verde.

Como ninguém dizia nada, o robô resolveu começar seu próprio interrogatório.

— De que unidade vocês são? O que estão fazendo aqui? Onde estão os seus donos?

— Espere aí, seu Lâmpada. Uma perguntinha de cada vez — pediu Meia-Noite.

O robô quase teve um pane com a impertinência daquele menino.

— Mas o que é isso?! Que país é esse, afinal?! Desde quando os humanos respondem dessa maneira? Deve haver algo errado com o funcionamento. Acompanhe-me imediatamente!

— Essa é boa! Agora esse liquidificador vai querer dar ordem...

A máquina, que já ia se virando, freou como que paralisada pelas palavras do pretinho.

— Liquidificador! Liquidificador! Eu, uma sofisticadíssima PRTX-4000, chamada de liquidificador! Isso me causa vômitos!

E virando-se para a turma, que se escondia por entre a ramagem, temendo uma explosão:

— Vocês todos devem estar com a programação defeituosa. Vou providenciar uma revisão geral urgente.

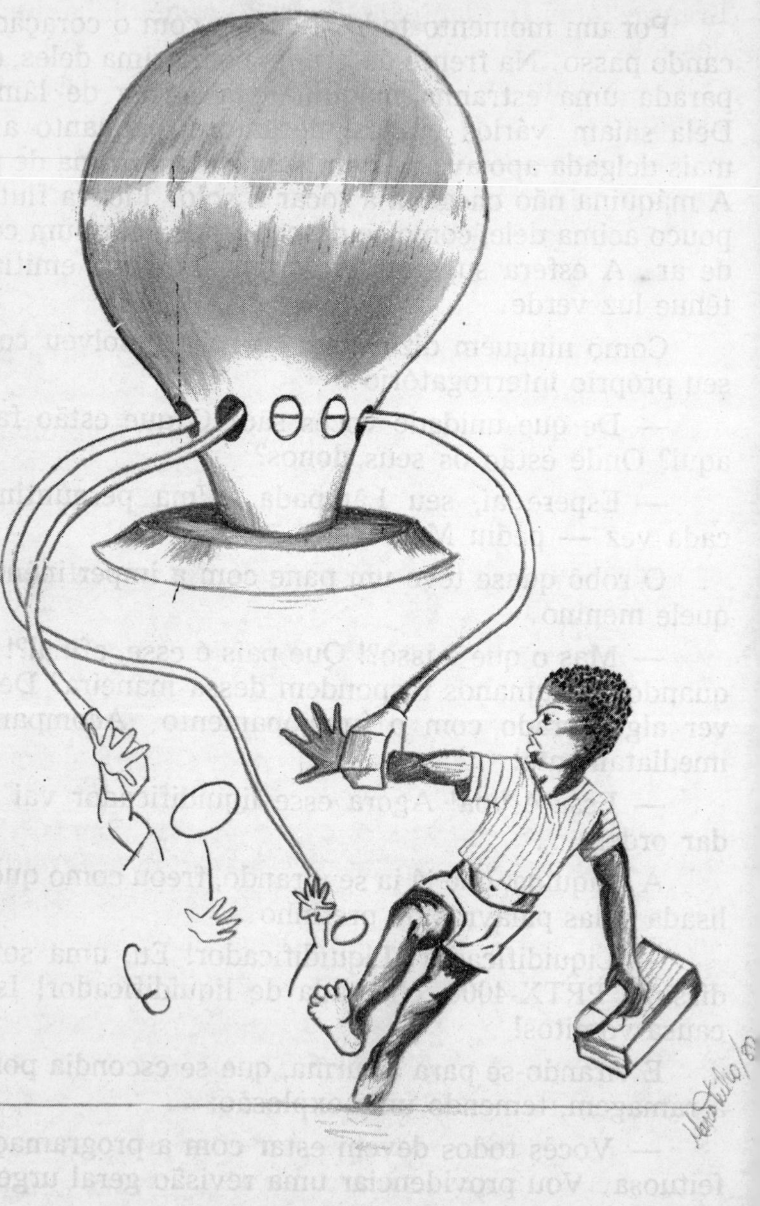

O encontro do robô Antônio com o grupo acabou chamando a atenção de outras máquinas. E em pouco formou-se uma rodinha. As máquinas variavam na forma. Eram esferas flutuantes, cilindros desajeitados, humanóides movendo-se sobre rodas.

— Vejam vocês! — exclamava um. — Deve haver alguma falha no sistema central.

— Creio que você tem razão, Dionísio, uma falha no sistema central. É bom verificar.

— É essa administração, José. Cá entre nós...

— É bom falar baixo, Batista.

— Talvez tenham saído do Sistema.

— Um defeito na porta deve ter permitido a fuga — opinou outro.

Antônio, o robô-lâmpada, resolveu tomar uma medida. Pegou Meia-Noite pelo braço e virou-se para o resto da turma:

— Vamos andando. Vamos fazer uma revisão nos seus circuitos. Já estou com dor de cabeça com tanta confusão.

— Isso — opinou outra máquina — mas pegue um certificado de garantia. Essa turma da manutenção anda muito displicente. Não faz nada com cuidado...

— Epa, isso é comigo! Eu sou da turma da manutenção. E lá nós trabalhamos direito.

— Vê-se — disse a outra máquina, com a ironia de quem estira o beiço, apontando o serviço mal feito.

— Deve haver uma explicação. Eu pessoalmente nunca vi esses humanos no Sistema.

— Nem reparam o serviço que fazem...

— É bom parar com as insinuações, senão dou um curto-circuito nos seus miolos!

Apareceu a turma do deixa-disso.

— Vê-se logo que é uma Zero-Xis. Essa maquinalha!

— Torradeira!

Os meninos já iam longe, acompanhando a lâmpada, que tinha Meia-Noite preso pelo braço. Ickis vinha junto com o grupo, visivelmente impressionado com tudo aquilo.

— Afinal, Ickis, quem é você?

O menino olhou a cara do Professor Coruja.

— Minha marca é Ickis. O nome do meu dono é Antônio D'Almeida. É de uma nobre família. É um PRTX-4000.

— Uai, e daí?

O garoto parecia orgulhoso de pertencer a uma PRTX-4000.

Ele olhou Xeretinha, sem entender a pergunta.

— Maninha, isso deve ser uma espécie de título de doutor — explicou Marcha-Lenta. — O que eu quero saber é pra onde a gente está indo.

— Ora, pro Sistema, é claro! — respondeu Ickis.

— Sistema? E o que é isso?

— Vocês devem estar totalmente danificados. Nem se lembram de onde vieram?!

— Eu vim da casa de um mágico, que mora numa pracinha. Não vim de Sistema nenhum. Vim de dentro de um baú — falou Xeretinha.

— Sistema é onde nós somos programados. Sistema de Programação e Treinamento. Não é possível que vocês tenham se estragado tanto!

Entraram num elevador. Desceram até o mesmo chão de acrílico. Passaram para um outro cilindro.

— Aqui é o Sistema.

Subiram de elevador e entraram numa sala, onde um robô estava de recepcionista.

— Boa-tarde, senhor — cumprimentou Antônio. — Como tem passado?

— Ótimo. Eletronicamente bem!

Antônio sorriu. Depois, como que se lembrando do objetivo de sua visita, apontou a turma e falou ao recepcionista:

— Encontrei esse grupo de humanos na área de lazer. Eles devem ter fugido do Sistema.

O outro robô esticou um longo e fino pescoço, levando sua cabeça até bem próximo dos meninos. A turma juntou-se, enquanto a máquina os observava com seu grande olho verde. Até mesmo Ickis se encostou na parede.

— Estranho. Eles não trazem nenhum sinal de identificação.

— Carteirinha de estudante serve? — arriscou Professor Coruja.

Os dois robôs se entreolharam interrogativos.

— Quer dizer que não estão inscritos?! — admirou-se Antônio.

— Ou então retiraram suas identidades. Mas como fariam isso, se nenhum humano é programado por nós para retirar sua placa de identidade?

Os robôs observaram intrigados os meninos.

— Quem são seus donos? — perguntou o recepcionista.

— Ih, vai começar tudo de novo — lamentou Xeretinha.

— Viu só?! — falou Antônio. — Expressões e respostas impróprias. Parece até que têm algum sentimento!

— Imagine! — exclamou o outro.

— Olha, nós não sabemos que lugar é esse, nem o que vocês estão pensando sobre a gente. A única coisa que queremos é ir embora, agorinha mesmo, pra nossa casa — explicou Meia-Noite.

— Ir embora... sua casa...

O recepcionista, impressionado, puxou o robô-lâmpada por um de seus tentáculos, indo até um canto da sala, para debaterem sobre o caso. Enquanto as máquinas não se entendiam, o grupo aproveitou para respirar livre e descobrir mais sobre aquele lugar, através de Ickis.

— Quem é esse outro robô?

— Ele toma conta do Sistema. Será que vocês não se lembram dele? Não se lembram do senhor Praxedes?

— Ora bolas, como a gente poderia se lembrar dele, se nunca vimos essa triste figura mais lubrificada, antes? — falou Deputado.

— É impossível que não o tenham visto! Todos os humanos são fichados por ele.

— Fichados?

Ickis pôs a língua pra fora. Na ponta, uma chapinha de metal prateada, com vários números e seu nome.

— Viram?

— Que coisa engraçada! — exclamou Marcha-Lenta.

— Engraçada? O que é isso?

— Esqueça. Vamos ao que interessa. Quer dizer que todos aqui são fichados? — perguntou Meia-Noite.

— Sim. Saímos do Sistema para o mundo devidamente catalogados e programados.

— Aqui nesse mundo tudo é automático?! — admirou-se Xeretinha.

— Tudo. As máquinas são formidáveis, não são? O que eles não podem fazer! Inventam tudo!

— Se elas comandam, inventam e são tudo por aqui, pra que elas precisam das pessoas? — quis saber Professor Coruja.

— Pra quê? As pessoas existem para divertir as máquinas, é claro! — respondeu Ickis.

— Mas que loucura! Está tudo errado — protestou Deputado.

— Não tem nada errado. É isso mesmo. Eu tenho de divertir Antônio. Ajudar Antônio quando ele precisar. Fazer tudo o que ele quiser. Pela manhã, Antônio sai comigo. Me leva até o jardim. Brinca comigo. Jogamos bola, eu busco as coisas que ele atira. Viro cambalhota, planto bananeiras. Depois...

— De onde a gente vem, são as máquinas que servem os homens. As máquinas ajudam o homem. Facilitam seu trabalho, seu transporte, sua vida. A máquina foi inventada pelo homem...

Ickis arregalou os olhos e interrompeu Meia-Noite.

— Que absurdo! Como vocês podem dizer uma coisa assim? Devem estar com um defeito enorme! Como é que nós, que nem pensamos, podemos inventar a máquina, um ser perfeito?

— Uma máquina não é um ser. É uma coisa.

— E muito menos perfeito — emendou Xeretinha.

— O homem inventou a máquina para servi-lo. Só que aqui está tudo errado!

— Heresia!

Eram os dois robôs de volta. Haviam escutado as palavras do Professor e estavam impressionados.

O recepcionista correu até sua mesa e tocou o alarme. A turma permaneceu imóvel e sem entender tanto alarido. Até que duas outras máquinas entraram na sala.

— Levem esses humanos. São extremamente perigosos!

Obedecendo à ordem, os dois guardas estenderam seus numerosos tentáculos, prendendo inclusive Ickis. Antônio tentou protestar, dizendo que seu humano não fazia parte da turma. Mas o recepcionista ponderou que, após ouvir tanta coisa, ele poderia estar com seu programa perturbado. Era melhor deixar Ickis para que o Sistema o submetesse a uma revisão. Antônio, um pouco contrariado, acabou concordando. Se Ickis tivesse sofrido influência daquele grupo, seria perigoso. Sendo seu dono, Antônio poderia ser responsabilizado por algum evento desagradável. Antônio sorriu para o recepcionista. Deu-lhe um tapinha íntimo no ombro e confessou:

— O senhor está certíssimo. Eu já havia pensado nisso, inclusive. O senhor está com a razão. Aliás, sempre admirei a capacidade de raciocínio...

— Ora, que isso...

— Sério! De raciocínio e liderança de uma POY-300 como o senhor!

— Que isso! Ouvir tal elogio de uma PRTX-4000 é coisa que muito me honra — respondeu o recepcionista, cheio de luzes vermelhas pela cara.

— Sou apenas um cidadão.

— Servir alguém como o senhor muito me envaidece! O senhor aceitaria uma xicrinha de óleo fresquinho?

Enquanto as duas máquinas se bajulavam, os guardas rebocavam os garotos até uma grande sala, onde foram deixados. Quando se viram livres, começaram a analisar a situação.

— Sei não, turma — começou o Professor — mas parece que estamos encrencados.

VI

Enquanto a turma estuda os acontecimentos, é bom prestar atenção no que faz o chefe do grupo. Piloto-das-Coisas e o gigante iam caminhando por extensas galerias, para que o menino tomasse conhecimento daquele mundo nebuloso, testemunho e conseqüência das civilizações passadas. Era um centro comercial extremamente movimentado, bem diferente do exterior, onde raramente era visto alguém circulando.

— Pode parecer que há muita gente, devido a essa confusão.

— E não tem?

— O número de habitantes da Terra foi drasticamente reduzido. Vamos dizer: centenas e centenas de milhões de pessoas a menos que na sua época. Algumas cidades que você conheceu chegaram a possuir mais gente que todo um continente de nossos dias.

— E por que está assim tão reduzida a população?

Ambos pararam e observaram as vitrinas de uma das lojas. Apenas produtos de primeira necessidade. Roupas, ferramentas. Em outras, alimentos e objetos para limpeza.

— Não é casualidade. O controle da produção foi uma medida que tomamos de início.

— Então existe tão pouca gente de propósito?

— Exato.

— E por quê?

O gigante fitou o rosto curioso do menino.

— Bem, antes de contar isso, é melhor falarmos de outra coisa. Já reparou como todos passam e olham você com interesse?

— É, parece que nunca viram gente, antes...

O gigante esboçou algo parecido com um sorriso.

— E você pode dizer que não mesmo. Pelo menos gente como você.

— É mesmo. Já ia me esquecendo de que eu sou o diferente.

— Isso é bom. Parece que você já não está tão desconfiado como a princípio. Mas, como você ia dizendo, Piloto, o diferente é você. Hoje.

— O que quer dizer com esse hoje?

— Bem, houve um dia, muito tempo atrás, que um de nós foi o diferente. Não sei se você entendeu.

— Entendi. Todos eram como eu. E apareceu alguém como você, não foi?

— Certo. Já lhe passou pela cabeça como isso aconteceu?

Piloto-das-Coisas estendeu o beiço. Realmente não havia pensado nisso. Como é que o homem havia mudado tanto? Já ouvira uns papos na escola de que, quando a Terra ainda estava em sua juventude e os primeiros animais iam aparecendo, o homem ainda não pisava o chão do mundo. E nem apareceu assim de repente, como pipoca.

— Vocês evoluíram.

— Certo. Mas as modificações sofridas têm todas uma causa. Por que o homem precisaria sofrer uma metamorfose, isso é, uma mudança, se ele já havia se adaptado durante milhões de anos?

— Só se o mundo tivesse mudado também — concluiu Piloto-das-Coisas.

— E foi o que ocorreu. De uma maneira não natural, mas foi o que aconteceu. Veja bem, Piloto. A guerra fatal, de que lhe falei, os anos e anos seguidos de poluição incontida mudaram o mundo. Depois dessa guerra, o maior desastre da história do homem, a população restante tentou se reorganizar, rastejando sobre os escombros do passado.

— Foi então que o homem voltou às cavernas...

O gigante ouviu sem entender as palavras do menino.

— Como?

— Nada não. Eu estava só pensando uma coisa.

— Ah...

— É que eu acho esses prédios escuros parecidos com cavernas. Parece que o homem voltou às cavernas.

O gigante refletiu por uns intantes. Depois soltou um suspiro desolado, reconhecendo a verdade na comparação do garoto.

— É... Continuando, um dia nasceu um garoto diferente. Os pais ficaram assustados, os cientistas intrigados. Com o tempo, foram acontecendo casos semelhantes em todo o mundo. Então, chegou-se à conclusão de que esses garotos eram mutantes da raça humana!

— Eram o quê?

— Mutantes, isto é, seres modificados.

— Eram como vocês?

— As diferenças ainda não eram tão pronunciadas. Tão grandes. Mas eles já possuíam um nariz um tanto maior, as sobrancelhas mais cerradas, o tórax mais desenvolvido. Contudo, ainda eram casos pouco comuns.

— Mas com o tempo...

— Sim, com o tempo o número de crianças nascidas com mutações foi ficando bem maior.

— E pra que esse nariz tão grande?

— Pra respirar melhor.

— E os olhos tão estranhos?

— Pra poder ver.

Piloto riu. Aquilo estava parecendo a história do Chapeuzinho Vermelho. O gigante nunca ouvira falar dela.

— Chapeuzinho Vermelho?

— É uma história inventada, pra fazer criança pequena dormir.

O gigante achou um tanto maluco aquele costume. Balançou desajeitadamente a cabeça e continuou:

— O nariz cresceu para respirar melhor. Como o ar estava todo cheio de impurezas e com menor quantidade de oxigênio, o homem precisava de um aparelho respiratório mais desenvolvido, para conseguir a mesma quantidade de oxigênio.

— É por isso que você possui um peito tão grande, em comparação com o resto do corpo?

— Correto. Os nossos pulmões dobraram de tamanho. Como o tórax cresceu, o resto do corpo também sofreu alterações, embora menos acentuadas. E a altura média de um homem agora é de dois metros e vinte. Por outro lado, como a atmosfera tornou-se bem mais escura, devido às impurezas, tornou-se necessário desenvolver a visão, além de uma córnea finíssima para proteger os olhos.

— Uma córnea como a dos camelos. Já ouvi falar.

— Parece que já ouvi falar desse animais remotos. Viviam nos desertos, não?

— É — confirmou Piloto. — Eles possuíam uma pele especial sobre os olhos, que os protegia durante as tempestades de areia.

— No nosso caso, ela existe para resguardar os olhos contra a grande quantidade de impurezas do ar. Principalmente produtos químicos exalados pelas inúmeras fábricas, por centenas e centenas de anos. As sobrancelhas imensas também têm essa utilidade.

Enquanto a conversa ia se esticando, eles caminhavam, parando aqui e ali, para olhar alguma coisa interessante nas vitrinas. Mas sempre era algo de extrema utilidade, não sendo encontrada ali qualquer coisa que tivesse fim apenas de decorar ou divertir. Outra coisa que Piloto notou foi a igualdade dos produtos. As lojas eram todas especializadas e só se encontrava um tipo para cada objeto.

— Isso não é ruim?

— De que você está falando? — perguntou o gigante.

— É que meu pai fala que é bom haver a concorrência.

Como o gigante continuasse voando, Piloto-das-Coisas explicou melhor:

— No meu tempo, existiam várias marcas para cada objeto. Por exemplo: aquela roupa ali. Em todas as lojas de roupas por que a gente passou, só vi esse tipo de calça e camisa.

— E daí?

— Daí que, por existir apenas um tipo de roupa, quem fabrica vai poder cobrar o tanto que quiser, além de piorar a qualidade. Se tivesse outro tipo pra concorrer, os dois fabricantes iam fazer uma roupa melhor e cobrar mais barato, para poder vender.

O gigante sorriu.

— Bem, Piloto, muita coisa mudou. Não foi só o homem, mas toda a sociedade em que ele vive.

Os dois pararam para descansar numa espécie de praça, com bancos confortáveis, bebedouros de água gelada e um jardim: grama, arbustos e flores que exalavam um cheiro de plástico.

— Tudo artificial. Reconstituímos essa praça a partir de uma fotografia de um livro de sua época.

— Se bem que é muito diferente deitar numa grama de verdade e ficar olhando o céu.

Um pouco sem graça com a observação do menino, o gigante achou melhor continuar o assunto.

— Veja só: atualmente nós só produzimos aquilo de que precisamos. Na quantidade e qualidade necessárias. Por isso não há necessidade de mais de uma fábrica para roupas, por exemplo. Só uma atende à procura.

— E por que tantas lojas?

— Não há concorrência entre elas. Na verdade, uma está a tantos quarteirões de outra apenas para atender à população daquele local. Para facilitar. Raramente falta alguma coisa.

Piloto-das-Coisas soltou um muxoxo.

— Hum, que é sem-sal, isso é. Já pensou? Sair de casa, entrar, pegar, levar. Sem poder escolher nem nada. Tudo sempre igual.

— Para alguém como você, que veio de uma sociedade diversa, pode ser. Nós nem chegamos a notar. Foi uma opção, uma escolha racional. Poderíamos ter desenvolvido um mundo diferente, mas raciocinamos e acabamos chegando à conclusão de que essa forma seria a melhor para cumprirmos nossa missão.

Piloto ficou pensando que missão seria essa. Mas resolveu não perguntar. Chegado o momento de saber, ele saberia. Parece que o gigante ia lhe revelar tudo gradativamente. Pouco a pouco. Que missão seria essa? E por que existia tão pouca gente no mundo? Já eram duas perguntas. E as respostas, como lhe prometera o gigante, deveriam vir no futuro.

VII

Depois de algum tempo, os dois resolveram voltar para o hospital, onde Piloto-das-Coisas passaria a noite. Enquanto voltavam pelas galerias, prolongaram sua conversa sobre a vida naquela época.

— Veja você, Piloto: a moda hoje não existe. As roupas que usamos hoje são exatamente iguais às que usávamos há dezenas de anos atrás.

— Puxa, deve cansar ter de vestir uma mesma roupa tanto tempo assim.

— Questão de costume. Na verdade, o homem de sua época era tremendamente condicionado.

— Condicionado?

— É, ele agia como os outros queriam que ele agisse, entende? Por exemplo: uma indústria lançava um novo tipo de roupa. Antes de tentar vender seu produto, o que ela fazia?

— Propaganda.

— Exato. Punha na cabeça de todo mundo que a moda, a partir daquele momento, era usar aquela vestimenta. O resto não prestava. E todo mundo jogava fora o que era bom, pra trocar por outra coisa nova.

Piloto pensou um momento sobre o que o gigante havia falado.

— Do jeito que o senhor fala, parece que não havia nada que prestasse no meu tempo!

— Ah, não! Eu nem posso dizer isso. Apenas estamos focalizando os fatos que vão ajudar você a compreender

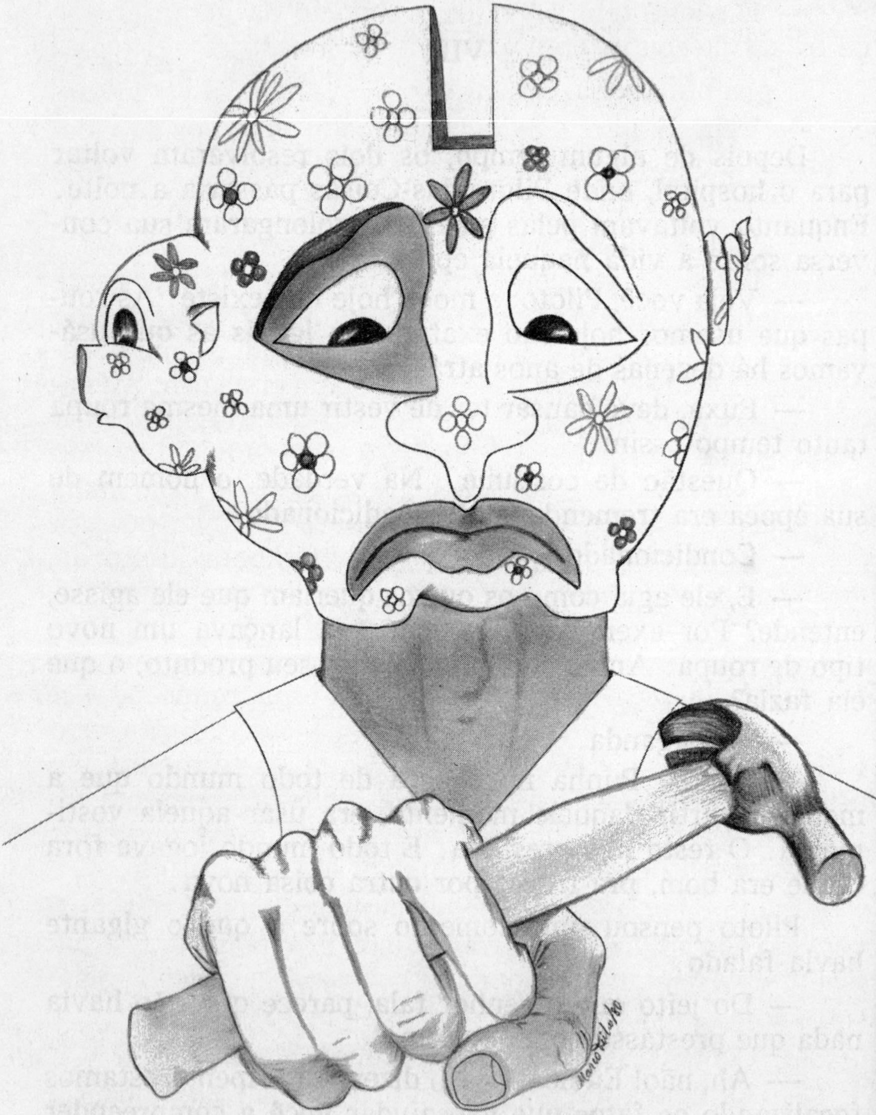

melhor esse mundo de hoje. Afinal, você não quer saber tudo?

— Claro.

— Pois então...

— E o que tem a ver esse negócio da gente gostar de trocar de roupa, com o mundo de hoje?

O gigante sorriu.

— Veja só: isso acontecia em todos os ramos da vida. A ordem era usar e jogar fora. Usar e jogar fora. O que daria isso?

— Um monte de lixo.

— E foi o que deu. Lixo, lixo, lixo. Muita gente sujando e pouca gente pensando em limpar. Todo mundo tinha pressa de produzir. Fabricar. O homem estava obcecado pelo dinheiro. Que ele gostava de dinheiro, a História já era testemunha há milênios. O que o homem não fez por uma moeda a mais! Porém, à medida que o mundo evoluía, ganhar dinheiro foi-se tornando algo bem mais complicado. Na sociedade de consumo, ninguém poderia pensar em ganhar pouco. Era preciso ganhar muito dinheiro. E para isso era preciso produzir muito. Para produzir, construir inúmeras fábricas. Milhões de chaminés a cuspir fumaça no céu, a urinar veneno nos rios. Na sua febre pelo lucro, o homem acabou se esquecendo de sua dependência do meio em que vivia. E isso foi um erro tremendo! Ele destruía os rios, para transformá-los em dinheiro. Destruía as matas, para transformá-las em dinheiro. Destruía o céu para transformá-lo em dinheiro. O homem não era mais um animal: era um cofre!

Piloto-das-Coisas riu, pensando num homem oco, sem coração dentro do peito, sem nada dentro da cabeça. Apenas um buraquinho por onde ia colocando as moedas que conseguia.

— Como vê, sua época era bem complicada.

— Eu nunca havia pensado que minha roupa poderia causar tanta confusão no futuro!

— Sua roupa, seu refrigerante, seu alimento, sua diversão. Na verdade não foi uma coisa, mas a união disso tudo que transformou o homem, o mundo em que ele vivia.

Chegaram ao compartimento, onde vestiram as máscaras para sair para a rua. Mesmo o gigante, que poderia viver naquela atmosfera hostil da Terra, vestiu sua máscara. Mas apenas por questão de conforto.

Durante o tempo em que estiveram andando pelas ruas desertas da cidade, não trocaram palavras. Piloto ia observando aquelas vias desoladas e o gigante respeitava seu silêncio. Quando chegaram ao hospital e tiraram as máscaras, foi que Piloto-das-Coisas voltou a falar.

— Por que tenho de ficar no hospital? Eu não estou doente.

— É só por enquanto. Amanhã pela manhã você deve ser levado ao governador. Ele está interessado em seu caso.

— O governador? Vamos viajar?

— Não, é aqui mesmo. Cada cidade tem um governador. Ele dirige todas as atividades do centro urbano. Na verdade, isso aqui não é uma cidade como você conhecia em seu tempo. É mais um centro de pesquisas. Todas as comunidades do mundo estão empenhadas em determinados trabalhos. Mantemos correspondência para informar e tomar conhecimento de novas descobertas.

Realmente o mundo havia mudado bastante, ia pensando Piloto-das-Coisas, enquanto caminhava para seu quarto.

— Mas não havia um meio de impedir que o homem se transformasse, que ele ficasse assim, assim. . . diferente, igual a você?

O gigante balançou a cabeça, negativamente.

— Não, Piloto. O homem é capaz de transformar seu meio ambiente, destruí-lo, reabilitá-lo. Mas nunca mudará as leis da Natureza. E a lei, nesse caso, é que um ser deve se adaptar ao meio. O homem, transformando o meio em que vivia, transformou-se também. Há bilhões de anos, existia uma espécie de animal chamado mamute. Era o avô dos elefantes. O mamute possuía pêlos, pois vivia em clima frio. Já o elefante de sua época, Piloto, era pelado, porque, com o tempo, esse animal deslocou-se de regiões frias para os trópicos. Mudou seu habitat. É a evolução das espécies. Nenhum animal que habitava a Terra em sua época tinha sua forma por acaso, mas foi adquirida após milênios de adaptação.

Chegando ao quarto, Piloto-das-Coisas despediu-se do gigante. Só então reparou que não sabia o nome daquele ser estranho, que estivera com ele todo o dia. Piloto dirigiu-se ao banheiro. Tomou um banho e vestiu um pequeno macacão, que haviam feito especialmente para ele. Apenas agora, quando sozinho, foi que a lembrança de sua turma lhe veio à cabeça. Onde estariam todos? Não podia entender como um monte de gente podia sumir no fundo de um baú. Por ali era óbvio que não estavam, pois o gigante lhe teria dito, certamente. Ficou pensando em que grande confusão eles haviam se metido, a partir do momento em que penetraram na casa maluca da pracinha. Estava no futuro, além centenas e centenas de anos sozinho. Num mundo completamente transformado, no meio de seres diferentes. Mas nem por isso chegava a ter medo. Ele, como toda criança, sabia que para cada coisa havia uma saída diferente. E certamente ele sairia daquela.

Enquanto esperava, ia imaginando em que pé andava o Mundo, com o mágico desinventando tudo. A última desinvenção fora o relógio. Afinal, por que desinventar o relógio? Tentou julgar aquele objeto e, como um juiz, imputar-lhe uma sentença de morte por seus males. Que é que o relógio havia feito de ruim? Sempre considerara aquela máquina como coisa útil. Até indispensável. No mínimo, inofensivo. Por que eliminar o relógio?

Ainda pensava nisso, quando bateram à sua porta. Era o gigante de volta, chamando-o para ir jantar.

— São sete horas. Você está com fome?

— Estou sim. Engraçado, quando saí de casa eram sete horas também. E parece que já faz tanto tempo.

— Pois vamos, então. Não sei se você vai gostar. Por aqui só temos verduras.

— Não tem problema. Em casa aprendi a comer de tudo. Meu pai não me deixava fazer manha. Depois aprendi que cada alimento tem uma vitamina, uma substância importante para nosso organismo.

— Que ótimo. Aqui não temos muitas opções. Em algumas cidades, já se conseguiu um rebanho animal considerável, o que possibilita uma ração de carne para os habitantes. Eu, entretanto, nunca comi carne.

— E, por falar nisso, como é que conseguem seus alimentos?

O gigante arquitetou um sorriso triunfante e explicou:

— É uma de nossas grandes vitórias dos últimos tempos. Já conseguimos recuperar alguns vales, alguns riachos distantes de antigas zonas urbanas, que não foram contaminados. Aí criamos estufas gigantescas: cúpulas de vidro imensas, que são isentas desse ar impuro da Terra. Temos notícias de que foram descobertos recantos remotos do planeta, onde esse nevoeiro nojento não chegou a penetrar. Aí estão sendo desenvolvidas a agricultura e a pecuária. Estamos reanimando a Terra. Mas, na maioria das vezes, desenvolvemos nossas pesquisas nessas grandes estufas. São o que chamamos de biosferas.

— Quer dizer que vocês pretendem recuperar o mundo? — perguntou o menino, com visível alegria e admiração.

— Claro. É nossa missão!

— Ah! Então é essa a missão de que você falou hoje.

— Missão... É. Isso mesmo. Devemos reconstruir o que foi destruído. Estamos fazendo pesquisas para dissipar esse nevoeiro. Para purificar o ar. Oxigênio, menino. Precisamos de oxigênio. Fazer com que cresçam plantas por todos os cantos do mundo. Estamos pesquisando, experimentando. Já temos resultados extraordinários! Posso dizer, Piloto, que estamos para cumprir a nossa grande missão!

O gigante estava realmente exultante. Parecia nem mesmo se lembrar de que o garoto estava ali. Era mais um orador que um guia.

— Que bom. As crianças de vocês devem estar enjoadas de tanto ficar trancadas dentro dessas tocas, né?

O gigante parou seu discurso. Olhou o menino. Tentou mudar de assunto, misteriosamente.

— O governador receberá você amanhã.

VIII

Enquanto Piloto-das-Coisas tentava tirar as vendas de sua esfumaçada aventura, a turma ia penetrando mais e mais nas engrenagens daquele mundo de robôs. Sentados num canto da grande sala, ficaram a observar o grande número de pessoas quase que totalmente inertes, que jazia por ali. Era como se não pudessem falar, pensar ou fazer qualquer outra coisa além de respirar. Até mesmo Ickis entrara naquela falta de ânimo.

— Será que eles estão doentes? — perguntou Xeretinha, um tanto impressionada com o local e com o povo.

— Estragados. É assim que Ickis fala: estragados. Eles devem estar com algum defeito — disse Meia-Noite.

— Um defeito no centro de operações — falou o Professor Coruja, enquanto passava as vistas pelos homens, mulheres e crianças largados pelo chão, como aparelhos eletrodomésticos numa oficina.

— O que você quer dizer? — perguntou Meia-Noite.

— Acho que eles estão desligados do mundo.

— Continuo não entendendo, sô.

— Marcha-Lenta, o que eu penso é o seguinte: os robôs falaram o tempo todo que a gente estava com defeito de programação. Isto é: a gente não estava fazendo aquilo que eles tinham enfiado na nossa cabeça pra ser feito, entendeu?

— Sei, e daí?

— Daí, Xeretinha, que esses aí devem estar limpos...

— Como a fita de um gravador? — perguntou Deputado.

— É, isso mesmo. Como fita de um gravador. Uma lavagem cerebral.

— Depois eles tornam a gravar, né?

— Isso mesmo, Meia-Noite. Aí a pessoa sai fazendo só aquilo que eles querem que ela faça. É como uma eletrola estragada que vai pro conserto, entendeu?

— E pra que a gente está aqui?

— Será que eles vão desgravar a nossa cabeça? — perguntou Xeretinha, já amedrontada.

— Acho que sim...

— Precisamos fugir daqui agorinha mesmo, turma — sentenciou Marcha-Lenta.

— Mas não sabemos como.

— Quem sabe o Ickis tem alguma idéia?

— Sei não, esse pamonha só sabe repetir as coisas — murmurou Meia-Noite.

— Espere aí. Deve restar um pouquinho de gente lá dentrinho da cabeça dele. Afinal, ele não pode ser transformado em máquina! — falou Marcha-Lenta.

— É. No máximo ele pode parecer um robô, mas virar máquina ele não vira — concordou Deputado.

— E o que vocês vão fazer, então? — perguntou Xeretinha.

— A gente tem de fazer o Ickis lembrar que é gente. Que ele é um menino igual a nós. Vamos lá — chamou Professor Coruja.

Todos cercaram Ickis, calado num canto, esperando sua revisão geral.

— Ei, Ickis.

Ele, com desinteresse, atendeu ao chamado de Deputado apenas erguendo as vistas.

— O que foi que houve com você?

— É, Ickis, parece que está chateado.

— Ele deve estar morrendo de raiva daquela lata velha do PRTX-4000.

— Ele não é lata velha! — protestou Ickis, como se acordasse.

— Pode não ser, mas é muito covarde. Onde já se viu deixar você num lugar desses...

Ickis calou a boca.

— Aí, oh! Ele está morrendo de raiva — falou Xeretinha.

— Eu não estou com raiva. Nem sei o que é isso — disse o menino-robô.

— Não sabe o que você está sentindo? Não vai me dizer que está gostando disso aqui! — continuou Professor Coruja.

— Não.

— Então não está gostando, né?

— Não.

— E o que você está fazendo aqui? — perguntou Deputado.

— Antônio mandou. Tenho de fazer uma revisão.

— Ih, bobão, isso foi só uma desculpa do Antônio.

Ickis olhou Xeretinha.

— Desculpa pra quê?

— Ora, esquece. Pra que você quer saber? Pra um humano até que você está muito curioso! — desconversou Meia-Noite.

— Mas esse Antônio fez uma sujeira. Mentir que o Ickis estava com defeito só pra devolver... — falou Professor, tentando provocar Ickis.

O menino-robô ficou de pé, sobressaltado.

— Quem falou? Quem falou isso pra vocês?!

— Ora, você não ouviu os dois cochichando, aquela hora?

— Não.

— Eles combinaram deixar você aqui. Antônio disse que vai substituir você. Disse que você é muito lerdo e não faz nada direito. O outro robô disse que vai vender você a uma daquelas máquinas redondas que estavam lá no jardim — mentiu Marcha-Lenta.

— Eu não vou servir nenhum Zero-100! — protestou o menino-robô já revoltado.

— O Antônio disse.

— Vocês estão mentindo!

— Mentindo? Como a gente pode estar mentindo? Nós não fomos programados pra isso! — argumentou Professor Coruja.

— É, nós não falamos mentira. Nós não falamos mentiras. Nós...

— Falam sim! Vocês estão com defeito!

— Você está com defeito? — perguntou Xeretinha.

— Eu não. Eu obedeço a tudo que Antônio manda.

— Então, por que você está aqui? — indagou Meia-Noite.

— Será que Antônio se enganou?

— As máquinas não erram nunca, nunca! — bradou Ickis.

— Então é você quem está estragado! — insistiu Xeretinha.

— Não, eu não!

Ickis começou a gritar. Como se tivesse perdido o freio da língua. A turma ficou espantada com o resultado de sua tentativa de despertar o menino que estava adormecido dentro de Ickis. Minutos depois, ele caiu de joelhos, escondendo a face com as mãos. Ninguém tinha coragem de falar nada. E foi Xeretinha quem primeiro notou:

— Gente, ele está chorando!

Correram para acalmar Ickis. Ele, ainda assustado, olhava suas próprias mãos. O rosto, pela primeira vez, era molhado de lágrimas.

— Ickis, você está com raiva. Você está aqui, mas não devia estar. Ninguém devia estar aqui. Vocês não precisam que as máquinas enfiem ordens nas suas cabeças. Vocês podem fazer as coisas sozinhos. O que vocês quiserem. Olhe, Ickis, nós falamos o que nós queremos. Gritamos, brincamos. Nós não estamos estragados. Nós não estamos com defeitos! — falou Professor, sacudindo Ickis pelos ombros.

— É, Ickis, você pode até chorar quando estiver triste, ou com raiva, ou até quando estiver muito feliz.

— Você é menino que nem eu. Olha aí. Carne e osso — disse Marcha-Lenta.

— Se bem que mais carne que osso — brincou Deputado.

Todos riram. Ickis ficou olhando mais aquela manifestação que ele não entendia bem: o riso. Mas tentou acompanhar. Primeiro, um riso sem sal, muito forçado. Depois, como a turma explodira numa gargalhada devido à estranha careta que ele fizera, Ickis finalmente conseguiu. Deu uma gostosa risada. Alta e sem programação, como que recuperando o tempo perdido. Ickis havia virado gente! Foi aí que a turma deu por si: estavam todos cercados pelo grande número de pessoas que estava ali para revisão. A inédita algazarra que os meninos faziam havia despertado uma curiosidade muito humana naquelas almas maquinais dos humanos. E eles, timidamente, haviam se aproximado. E eram tantos que formaram um verdadeiro muro em volta da turma e de Ickis.

— Puxa, parece que nossa tática funcionou mais que a encomenda — comentou Meia-Noite.

— É, o pessoal todo acordou do transe — disse Professor Coruja bem animado.

— O que é que vocês estão fazendo? — perguntou, finalmente, uma senhora.

— Ora, nós estamos fazendo o que todas as pessoas fazem! Estamos conversando.

— As pessoas não conversam. As máquinas conversam — disse um outro.

— Não conversam uma ova!

— E como! — exclamou Meia-Noite. — Principalmente as mulheres!

Xeretinha olhou pra ele, torcendo o canto da boca.

— Mais que o Deputado não tem mulher que fala não!

— Besteira é com ele mesmo.

— Até o Ickis fala. Né, Ickis?

— É.

— Estão vendo? Ele respondeu.

— Ickis está morrendo de raiva, porque o Antônio mandou que consertassem seus defeitos. E ele não está com defeito nenhum.

— Quem precisa de conserto é o Antônio — respondeu Ickis, sob o olhar espantado da multidão. — Aquela lata velha. Vai ver até que funciona com válvula!

— Estão vendo? Gente conversa! — falou vitorioso Professor Coruja.

— Mas como? Nós não temos idéias nem raciocínio. Nós não estamos preparados para o diálogo...

— Chi... Então como é que você está falando isso pra mim? — perguntou Professor Coruja.

— E o que a gente pode conversar? — perguntou uma outra mulher, já mais empolgada, em vista do horizonte promissor que os meninos propunham.

— Ah, cada um conversa o que achar que deve. O que vier à cabeça. Ninguém precisa ser programado pra falar. A gente tem cabeça é pra pensar. E não pra carregar chapéu — respondeu Meia-Noite.

— Quer dizer que eu posso falar? — perguntou inocentemente outro garoto.

— Claro! Já falou!

— Mas eu não tenho assunto — replicou outro, mais além.

— Como não tem?! Todos têm alguma coisa pra dizer — falou Xeretinha.

— Por exemplo: o que você está fazendo aqui? — interrogou Marcha-Lenta, dando corda.

— Meu dono disse que eu estou com um defeito no tom de voz...

— E o que você acha disso?

— Eu?

— É, você!

— Eu... Eu acho?

— Claro. Você não pensa nada? Você acha bom ter vindo para o conserto? Você acha que ele estava certo mandando você pra cá? Você falou alto mesmo ou foi ele quem ouviu demais?

Foi de espanto a expressão do menino, quando descobriu que tinha opinião sobre tudo isso. E pôs-se a falar. Falar e repetir, como se não estivesse acreditando que ele mesmo pudesse dizer tantas coisas. Coisas que vinham de dentro dele, sem que nenhuma máquina as tivesse gravado primeiro. Suas idéias! Animados, um a um, os presentes começaram a bordar comentários sobre como tinham vindo parar ali. Em pouco, todos falavam ao mesmo tempo. Era tordoante o tagarelar das pessoas. Os meninos taparam os ouvidos. Alegres e surdos com tanto falatório. Não eram exatamente diálogos e sim monólogos. Ninguém comentava com ninguém, mas cada um dizia pra si mesmo aquilo que pensava dos fatos. Era um estado de incredulidade, de espanto ante a própria capacidade de expor as próprias idéias. Foram várias horas de confusão ali dentro da sala de espera. Até que começou a cessar aquilo que mais parecia algazarra de pardais no fim da tarde.

IX

Enquanto a turma bradava o grito do Ipiranga, libertando a língua daquele povo-robô, Piloto-das-Coisas estava deitado em sua cama, olhando o teto. Não conseguia dormir, com tantas perguntas cricrilando e coaxando num brejo escuro de dúvidas, lá dentro de sua cabeça. O gigante agira com muito mistério, em relação a algumas perguntas. E isso deixara o garoto intrigado. Sabia que o seu guia estava lhe contando coisas, mas não dizia tudo. Parecia haver certos assuntos que ele procurava evitar. Contornar. Como se fossem coisas perigosas. Ele estava ali pensando por que o gigante não havia falado nada sobre as crianças. Era uma coisa que ele já vinha reparando desde que chegara: não havia nenhuma criança naquele mundo. E num estralo o comentário lhe saiu pela boca. Mas o gigante desviou o assunto. Falou do seu futuro encontro com o governador. O menino, entretanto, ficou matutando por onde é que andavam as crianças. Uma pergunta puxa outra. Piloto passou a raciocinar sobre a missão daqueles homens estranhos. Sentia que estavam escondendo qualquer coisa. Algo além da recuperação do mundo. Além das plantações e dos rebanhos. Sentia na maneira de falar do gigante. Depois, Piloto não entendia um ponto: se o homem havia se modificado para se adaptar à Natureza, ao novo mundo que criara, pra que ia querer mudar as coisas? Isso levaria muito tempo. Mesmo que eles vivessem tantos anos quanto diziam.

Foi quando sentiu que um grupo de pessoas vinha caminhando pelo corredor. Aguçou os ouvidos e ficou à espreita. Vinha chegando. O grupo parou do lado de fora da porta. Piloto fingiu estar dormindo. Cerrou os olhos. Entraram sem bater. Pôde sentir quando se aproximaram da cama e ficaram a olhá-lo. Então alguém o segurou pelo pulso. O menino levantou-se num pulo, chegando a assustar os dois gigantes, que acreditavam que ele estivesse adormecido.

— O que é?

— O governador quer ver você.

— Mas eu ia lá amanhã.

— Mudança nos planos. Amanhã ele viaja. Precisa ser agora.

— Por que o meu guia não me falou nada? Ele está sabendo disso?

Os outros dois gigantes se entreolharam.

— O que foi, menino? Você está com medo da gente? Nós não lhe fizemos nenhum mal desde que chegou aqui. Fizemos?

— Desde que cheguei, não, senhor — respondeu Piloto, desconfiado.

— Vamos, então.

— E o meu guia?

— Hafi está dormindo. Amanhã você poderá se encontrar com ele novamente.

Piloto-das-Coisas saltou da cama. Trocou de roupa. Um dos gigantes segurou-o pelo braço. Com cuidado, mas firmemente. Foram pelo corredor. Colocaram as máscaras e saíram para a rua, agora totalmente escura.

— Venha conosco. Nós podemos enxergar. Não tenha medo.

Às cegas, ele foi rebocado pelos dois homens. Andaram por algum tempo e pararam na entrada de um prédio.

Piloto foi recebido por uma verdadeira comitiva. Agora, mais que nunca, sentia-se um ser muito especial. Um objeto de museu. Um bicho pré-histórico. Um fóssil vivo. O governador devia ser bem velho. Apresentava rugas na testa, as sobrancelhas brancas. Estava sentado numa poltrona e, quando viu o menino entrar, levantou-se.

— Até que enfim nos encontramos, garoto. Imaginem só: um viajante do tempo.

Piloto concedeu um sorriso.

— Sente-se.

Piloto-das-Coisas obedeceu. O governador ficou calado, enquanto analisava o menino com seus olhos sumidos nos séculos.

— Você ainda deve ter muitas perguntas a fazer, não é?

— Tenho sim, senhor.

— Eu vou responder todas elas. Sem esconder nada. Nós também temos muitas perguntas a seu respeito, mas creio que nem mesmo você poderá respondê-las. Hafi me contou que você perguntou sobre o paradeiro das crianças do nosso mundo.

— Foi. Eu não vi nenhuma criança por aqui.

— E perguntou sobre nossa missão: reconstruir o mundo.

— É, eu acho que ele não me contou tudo, não.

O governador sorriu.

— Realmente, menino. Você é esperto. Hafi não tinha ordens de lhe contar tudo. Apenas superficialmente. Mas agora nós podemos conversar francamente.

Piloto mexeu-se em sua cadeira e parafusou os olhos no governador. O ancião suspirou e começou a narrar:

— Há muito tempo atrás, devido às constantes mudanças que o ser humano causara e causava à Natureza, começaram a surgir os mutantes. Os cientistas, logo no início, perceberam qual seria o futuro da humanidade. Mais tarde, quando a Terra estava completamente poluída, quando a guerra total espalhara tribos nômades e maltrapilhas pelos desertos do planeta, o homem já havia recebido sua sentença: a Natureza era outra, portanto o homem também seria outro. E os mutantes, que antes eram fenômenos, passaram a nascer cada vez em maior número. A civilização estava em pedaços, mas trazia na memória um volumoso conhecimento científico. Ela também havia aprendido uma lição muito dolorida. E foi se unindo na procura do bem comum, que ela atingiu novamente um nível de desenvolvimento bem elevado. Isso tudo ocorreu num período de tempo bem curto, como você pode perceber. Por essa época, os homens já iam alcançando uma média de vida bem alta, isto é, normalmente o homem vivia uns cento e cinqüenta anos. Então foi traçado um grande plano. O plano de recuperação da Terra. Nós havíamos destruído o planeta. Tínhamos a obrigação de curá-lo. Daí pra frente, todos os homens passaram a pesquisar uma forma de reviver o nosso querido planeta.

— Só depois de estragar tudo foi que perceberam que era querido... — criticou Piloto-das-Coisas.

— É... o homem é um bicho ingrato. Mas continuando, todas as pessoas, desde que nasciam, eram dirigidas para uma espécie de pesquisa. Desde os primeiros anos de vida. Se era preciso mais gente para pesquisas de Botânica, isto é, a ciência que estuda os vegetais, muitos jovens já estavam iniciados nessa área. Para simplificar, as pessoas eram cuidadosamente programadas. Ninguém ficava sem uma área específica. Todos eram extremamente importantes. Porém, como o mundo deixara de ser aquele paraíso e a alimentação era escassa, não podíamos permitir que a população da Terra crescesse desordenadamente. Só nascia a quantidade certa de crianças. E não era grande o número, porque, como Hafi lhe contou, nós vivemos até uns 180 anos. E são décadas e décadas dedicadas à pesquisa. Graças a Deus estamos com resultados promissores. Posso dizer, definitivos. Creio que em breve teremos concluído o nosso objetivo.

— Recuperar o planeta — completou Piloto-das-Coisas.

— Exato.

— Que bom. Mas eu tenho outra pergunta. Se o homem foi transformado para viver nesse mundo enfumaçado, por que vocês se esforçam tanto para voltar ao que a Terra era antes? Dessa maneira, sua raça vai desaparecer, para surgir outra. Não é assim?

O governador pareceu admirado com a observação de Piloto.

— Não há dúvida.

— E vocês querem desaparecer? — indagou o menino.

— Como disse, quando começaram a surgir os mutantes, os cientistas perceberam que em alguns milênios, toda a população da Terra estaria mudada. É claro que, na época, essa idéia não agradava. Ver a espécie desaparecer...

— Mas hoje eles já estão completamente extintos, não estão?

O governador olhou o menino, como quem vai contar um segredo secretíssimo.

— Não.

— Não?!

— E uma das nossas perguntas sobre você é exatamente sobre isso. Pensávamos que você fosse um dos «adormecidos», mas quando conferimos, não notamos nenhuma falta. Então, sua história de ter viajado pelo tempo tinha de ser verdade. Não sabemos como, mas só podia ser verdade.

— Espera aí. Que negócio é esse de «adormecidos»?

— É a resposta para outra pergunta sua: já que todos os que nasciam eram programados, já que vivemos por tanto tempo e quase concluímos a nossa missão...

— Já sei! Não deixaram nascer mais ninguém — concluiu Piloto-das-Coisas.

— É. Por isso não existe mais nenhum menino.

Minuto de silêncio. Os dois olham o chão.

— Quer dizer que daqui a duzentos anos não existirá nenhum de vocês sobre a Terra?

— Não. Os jovens de hoje são a última geração.

Piloto-das-Coisas pensa um pouco com tristeza. Era mesmo uma missão difícil. Uma missão triste.

— Mas o senhor ainda não respondeu: o que são esses «adormecidos»?

O governador voltou a olhar o menino.

— Era a nossa última revelação. Piloto, nós não sabemos o que fazer com você. Não sabemos como enviá-lo de volta ao seu tempo.

— Mas tem um jeito. Se eu cheguei...

— É, mas não fazemos a mínima idéia de como pode ser isso. Nós nunca estudamos outro ponto da ciência, além daqueles relacionados com o nosso objetivo. Não sabemos viajar pelo tempo.

Como Piloto não dissesse nada, ele continuou:

— Então estive pensando: devemos deixar que você viva no meio de seus semelhantes. Gente como você. Num mundo semelhante ao de sua época...

— Mas de que jeito, se o senhor já disse que não sabem como me mandar de volta?

— De volta não. Mas pro futuro.

Piloto ficou um pouco sobressaltado com a notícia. Na verdade, ainda não se convencera de que não havia uma forma para retornar. Devia ter uma forma. Era preciso!

— Mas como no futuro?

— Nós preparamos a Terra para que os «adormecidos» pudessem ter um mundo dócil e aconchegante. Um planeta onde pudessem evoluir novamente.

Como o menino ainda continuasse não entendendo, o governador levantou-se e pediu que ele o acompanhasse. Entraram numa sala adjacente. Havia um painel. O velho apertou uma tecla e a parede abriu-se. Então, Piloto-das-

Coisas teve a visão mais inacreditável até aquele momento de sua aventura. Numa sala que parecia não ter fim, perfilavam-se prateleiras e mais prateleiras, onde imensos cilindros prateados mantinham-se de pé. Uma névoa luminescente dava um aspecto irreal àquilo tudo. Sem que ninguém convidasse, o menino foi caminhando para aquilo que parecia uma adega.

— O que é isso?

O governador aproximou-se dele. E passando a mão a uma certa altura do objeto, pôs-se a desembaçá-lo. Assim, Piloto pôde ver o rosto adormecido de um homem que jazia dentro do cilindro.

— Estes são os adormecidos. Os homens que habitarão o futuro. A semente da nova humanidade. Aqueles para quem preparamos a Terra durante tanto tempo. Estes, Piloto, são os homens que foram escolhidos na última geração normal que pisou sobre esse mundo. Antes que ela fosse totalmente extinta, eles foram congelados. Quando a Terra for novamente um planeta habitável, eles deverão ser ressuscitados.

Piloto-das-Coisas afastou-se do governador.

— Eu não quero ser congelado! Eu vou achar um modo de voltar para a casa do Mágico Desinventor. Tem de haver um modo. Vocês têm que deixar.

No entanto, sem que reparasse, dois gigantes surgiram da névoa atrás dele e o seguraram firmemente. Sem nada dizer, o governador saiu daquele lugar e fechou a porta.

Quando procurou pelo menino, pela manhã, Hafi recebeu a notícia de que ele fora levado durante a noite. Correu ao encontro do governador, com medo de que tivesse ele tomado alguma medida drástica. Foi recebido na sala, quando o ancião já se preparava para partir em viagem.

— Eu achei que era mais justo proporcionar-lhe um futuro entre seus semelhantes, que deixá-lo viver entre nós, na esperança de um dia poder voltar.

— Mas se ele veio, deve haver um modo de retornar! — retrucou Hafi.

O governador continuou arrumando seus relatórios de pesquisas, para levar a uma outra cidade.

— Pelo sim, pelo não...

— Poderíamos até tentar enviar alguém com ele.

O governador fitou Hafi sem entender.

— Como?

— Eu estava pensando. Mandar alguém com ele. Seria uma espécie de testemunha do futuro. Essa pessoa iria alertar o mundo de Piloto-das-Coisas. Evitaria que eles destruíssem a Terra.

— Ora, Hafi! Como é que podemos mudar o passado? Isso já aconteceu!

— Para nós, sim. Mas para Piloto, não!

— Sinceramente não posso levá-lo a sério. Você está emocionado. Eu também fiquei ao ver uma criança. Mas é preciso agir com a cabeça e não com o coração. Depois, quem garante que eles acreditariam em sua história? Quem acreditaria num viajante do futuro? Pensariam se tratar de um ... marciano. Acabariam dissecando você. Abrindo sua barriga pra ver o que tem dentro.

Hafi estava desolado. O governador acabou de arrumar suas coisas.

— Sei que suas intenções são boas. Mas não dariam certo.

E colocando a mão sobre o ombro de Hafi:

— Até a volta. Preciso ir. Não se preocupe: nós fizemos o melhor. Se os homens daquela época pudessem acreditar em sinais de alerta, certamente não teriam chegado ao que somos hoje. Avisos não faltaram. Se naquela época a Terra fosse habitada por homens como você, com real amor à Natureza e à paz, a História seria bem diferente. Creio que toda essa bondade que existe em nós, mutantes, é fruto da desgraça de que fomos vítimas.

O governador saiu. Hafi sentou-se desanimado numa poltrona e ficou a olhar a porta da sala do painel. Pensou nas palavras do velho. Pesou cada possibilidade. Finalmente, num pulo, correu para o outro cômodo e apertou a tecla. A parede abriu-se e a bruma branca invadiu a sala. Hafi caminhou apressado até os primeiros cilindros, quando sentiu que lá do fundo dois vultos caminhavam em sua direção. Parou. Eram os dois guardas que cuidavam do local.

— O que você quer aqui? — vieram gritando.

Antes que eles pudessem impedi-lo, Hafi correu por entre as prateleiras. Os dois gigantes o perseguiram. Ele se esgueirava, tentando despistar os seus perseguidores. Num dado momento, avistou um deles. Subiu pela prateleira a seu lado e ficou aguardando. Quando seu perseguidor passou, pulou sobre ele, botando-o a nocaute. Enquanto corria em direção aos últimos cilindros, onde deveria estar Piloto, Hafi procurava localizar o outro guarda, que parecia ter desaparecido. Finalmente alcançou o último cilindro. Ele já estava todo embaçado. Limpou o visor e reconheceu Piloto-das-Coisas adormecido lá dentro. Rapidamente procurou pelo controle do cilindro e desligou-o. Aos poucos, o menino foi abrindo os olhos e acordou daquele que seria um sono secular. Hafi abriu a porta do aparelho com alegria e pressa. Sem dar muito tempo para pensar, foi logo mandando que Piloto fugisse dali:

— Vá, eu sei que você encontrará o caminho de volta. Não tenha medo. Depressa. Há um guarda escondido por aí. Não converse com ninguém! Sebo nas canelas, Piloto!

O menino não pediu mais informações. Partiu desenfreado pelo labirinto de prateleiras de cilindros. Hafi vinha logo atrás. Num dado momento, quando já divisava a luz da sala, foi violentamente puxado pela camisa. Caiu sentado. À sua frente apareceu o vulto do guarda. Hafi, sem perda de tempo, pulou sobre ele. Rolaram pelo chão. Piloto não sabia o que fazer. Tentou ajudar seu amigo, mas Hafi gritou para que fugisse. Quando chegou à sala,

para ganhar mais tempo, apertou o controle da porta, que se trancou. Colocou uma máscara, abriu a escotilha e saiu do prédio. A rua, como sempre, estava deserta. Começou a correr em qualquer direção. Não fazia diferença. Foi então que veio aquela impressão de já ter ouvido o nome de seu amigo gigante em algum lugar. Hafi. Ficara sabendo por acaso, pelo governador. Hafi. Mas agora não tinha tempo para pensar. Em uma hora já havia saído da cidade. Começava a reconhecer o local. Passara por ali com seu amigo. Sim, lá estavam as ruínas de sua cidade. Parou diante da placa que avisava do perigo. Passou por baixo do arame farpado e seguiu por entre as pilhas de automóveis enferrujados.

X

Enquanto seu chefe apostava corrida com a sombra, a turma ia descobrindo mais coisas sobre aquele mundo de porcas e parafusos.

Terminado aquele tremendo rebuliço, todo aquele balaio de conversa sem taramela, as pessoas se voltaram para os meninos, como que tentando agradecê-los por aquela espécie de libertação.

— É tão bom falar! — exclamavam.

— Nós também achamos.

— É, mas em certos casos, como do nosso amigo Deputado, a gente fica pensando se não seria bom se...

— Não amole, Meia-Noite. Agora podemos pedir ajuda a toda essa gente para dar no pé desse lugar.

— Vocês sabem como a gente faz para sair daqui?

Ninguém sabia. Também não era para menos. Convencidos de que não poderiam saber nada, sem que fossem antes programados, os homens nem se preocupavam em saber o que havia além de onde a vista podia apalpar.

— E aquela porta — indagou Xeretinha. — Será que não é uma saída de emergência?

— Ali ficam presas as pessoas que não têm conserto — explicou Ickis.

— E existe alguém assim?

— Na verdade, só um modelo... quero dizer, alguém já ultrapassado... isto é, um velho.

Xeretinha riu-se da dificuldade de Ickis para dizer as coisas, sem misturar as propriedades das máquinas com as dos homens.

— Precisa de treino ainda. Mas vai indo bem.

— Uai, se é alguém que não tem conserto, é porque deve ser humano demais. Como nós! — concluiu Professor Coruja.

— Uma pessoa normal aqui?! — admirou-se Marcha-Lenta.

— Então deve saber de muita coisa. Precisamos ver essa pessoa. Talvez até conheça um jeito de sumir desse mundo!

Correram para a porta. A multidão os seguiu, curiosa. Abriram a porta e entraram. O velho estava deitado sobre uma mesa metálica, seguro por algumas correias. Quando viu aquele grupo se aproximando, o velho enrugou a testa e entreabriu a boca, admirado.

— Nossa mãe!

— Está vendo? Ele se admirou. Quer dizer que ele tem sentimentos.

— É, o senhor não é nenhuma máquina, né?

— Claro que não! E parece que vocês também não são programados. Como é que vieram parar aqui? — perguntou o velho, intrigado.

— Será que o senhor acreditaria? — interrogou Meia-Noite.

— Duvido... — murmurou Marcha-Lenta.

— Primeiro preciso ouvir... — respondeu o velho.

Deputado adiantou-se e começou a narrar a história, desde a entrada da turma na casa do Mágico Desinventor. Quando terminou, o velho balançou a cabeça, com espanto.

— Quer dizer que vocês conseguiram tirar todas essas pessoas do transe?

— É, a gente está querendo ir embora e não sabe de um jeito. Aí pensamos que quanto mais gente melhor.

— Quem sabe se o senhor não tem um mapa do caminho de volta? — indagou Deputado.

O velho esticou o beiço. Ninguém ficou muito certo com aquela resposta, que tanto podia ser um «talvez», como um «infelizmente».

— Por que é que o senhor está amarrado aí?

— Eles me consideram um caso perdido e perigoso. Não conseguiram fazer com que eu me tornasse um ser maquinal. Então, me deixaram separado aqui.

— Quem é o senhor?

— Humm... vamos dizer assim: eu sou a consciência-humana-adormecida deste mundo.

Todos olharam o Professor, pedindo uma explicação.

— Quer dizer que o senhor foi a única pessoa pensante que sobrou por aqui?

— É. Não fosse minha existência, os homens e as máquinas já teriam virado uma coisa só.

— Puxa... aí não existiria mais gente! — exclamou Deputado.

— Nem máquina. Elas evoluíram até um ponto em que se aproximam muito do ser humano. E o homem tornou-se cada vez mais um aparelho.

— Que foi que aconteceu, afinal de contas. Que mundo doido é esse? — quis saber Xeretinha.

— Bom, na verdade, tudo isso aqui teve origem há muito tempo atrás. Antes da época de vocês.

— Como assim? Em que ano nós estamos?

O velho fez umas contas de cabeça.

— Exatamente em dois mil e lá vai fumaça. Ou mais. Não sei ao certo. Não importa. O que interessa é que isso tudo tem origens remotas. Foi quando o homem largou de fazer as coisas por si mesmo e entregou todos os seus serviços para a máquina.

— Mas isso é o progresso.

— Eu sei. E admiro muito o bicho-homem pelo progresso. Só que ele foi colocando a máquina em tudo. Tudo que ele fazia, a máquina passou a fazer. Tudo automático. E a cada dia as máquinas tornaram-se mais e mais independentes. Autônomas. De simples manivelas, passaram a sofisticados computadores. As crianças foram assaltadas por esse mundo automático. Antigamente brincava-se de pique, salve, mamãe-da-rua, maria-sai-da-lata, cabra-cega. Havia diversão. Brincava-se com brinquedos rústicos. Um sabugo era um boizinho, com um carretel construía-se um carrinho. As bonecas eram bonecas e não máquinas que brincavam sozinhas. Foi isso o que aconteceu. Não havia mais criatividade, imaginação nas brincadeiras. Os brinquedos deram seu grito de independência. Rodopiavam, corriam, piscavam, buzinavam, choravam, riam, comiam, cantavam, faziam pipi sozinhos. Não precisavam mais das crianças para manejá-los. Os meninos e as meninas foram largados de lado, sem vida, enquanto os brinquedos se divertiam. O homem foi largado de lado, porque a máquina não precisava mais dele para nada. Ela fazia tudo sozinha. O homem tornou-se um ser inútil para seu mundo automático!

— Então foi assim que esse mundo surgiu! — exclamou Professor.

— Sim. Atualmente as máquinas estão num estágio de evolução muito avançado. Elas são quase humanas. Têm vontade, sentem tédio... Por isso começaram a utilizar os homens como brinquedos.

— Mesmo?! Como um cachorrinho, um gatinho?! — exclamou Xeretinha.

— É. As máquinas têm seus hominhos de estimação. Acham graça da nossa maneira de agir, de obedecer. Da nossa estupidez tão humana. Eu era o jardineiro desse mundo. As máquinas estão de tal modo evoluídas que sabem admirar uma flor. Meu contato diário com as plantas e a terra foi que me tornou imune ao Sistema de Programação. A Natureza me tornou forte. Até que as máquinas perceberam tudo. Fui afastado do meu jardim e isolado nesse quarto.

— Mas agora nós precisamos ir embora. O senhor não quer ir com a gente? — chamou Meia-Noite.

— Por enquanto não tenho como sair. Essas correias só se abrem quando acionado um botão no painel central desse prédio. Depois, estou em revisão. Saíram para um café sem terminar a operação. Esse Instituto Nacional de Pachorra Suprema nunca funcionou direito!

Xeretinha levantou o lençol que cobria o ventre do velho. A barriga estava aberta. Cheia de fios e tubos.

— Nossa! O senhor é uma máquina!

— Ah, não! Como eu disse, o homem aproximou-se muito da máquina. E a máquina do homem. Mas nunca um será o outro. Atualmente eles estão procurando meu defeito incurável.

— E se eles acharem, o senhor será programável?

— Só que eles nunca vão achar, crianças. Porque esse negócio que eles chamam de defeito está na alma. E a alma não está dentro de nenhum fio encapado. Cada vez que me trazem aqui para essa mesa, colocam mais uma peça, mais um transistor. Já nem sei o que é que eu tenho de original aí dentro. Essas máquinas idiotas pensam que podem me transformar numa TV a cores. Ah, mas eu sou muito, muito forte. Sou a consciência humana e não vou entregar a rapadura assim, não!

— É bom saber que a gente parte, mas a consciência humana vai continuar invulnerável às máquinas. Assim, quando o senhor puder sair daí, esse povo vai ter quem seguir.

— Para onde vocês vão? — perguntou o ancião.

— A gente não sabe. Vamos sair desse chão de acrílico. Talvez esse povo corra para algum lugar onde tenha comida e água — respondeu Professor Coruja.

— Será que vão conseguir se adaptar à vida nova? — perguntou Marcha-Lenta, preocupado.

— O homem é um animal muito flexível. Vocês podem ir sossegados. Eles vão se virar. Vão começar uma nova era. Espero poder estar com eles em breve — tranqüilizou o velho.

Os meninos olharam o ancião sobre a mesa de operação.

— A gente precisa ir. Adeus.

— Até breve. Procurem seguir o Sol.

— O Sol?

— É sempre bom seguir uma luz — aconselhou o velho.

A multidão seguiu os meninos pelos corredores do Sistema. Às vezes encontravam alguma máquina pelo caminho, que recuava assustada com aquela multidão de «estragados». Outras eram viradas e deixadas no chão, indefesas. Estavam saindo do prédio, quando soaram as sirenes. Contudo, ali fora, livres, ninguém mais poderia detê-los. Os meninos seguiram para outro lado, depois de se despedirem de Ickis e do povo. Seguiram o Sol por longo tempo, até que, ao subir uma colina, divisaram ao longe uma cidade abandonada.

— Vejam só!

— É uma cidade.

— Uma cidade igual à nossa!

— É a nossa cidade! — gritou Meia-Noite.

— Mas o que será que aconteceu? Todo mundo sumiu? — falou Marcha-Lenta.

— A gente está no futuro. Vai ver que aquilo é pura ruína, agora.

— Então nem adianta ir pra lá — desistiu Xeretinha.

— Não sei. O velho recomendou seguir o Sol. O Sol está indo naquela direção — lembrou Professor Coruja.

— Então vamos!

Desceram a encosta e penetraram na cidade. Admiraram-se das imensas pilhas de automóveis.

— O que esses carros estão fazendo por aqui? Não foram desinventados?

— Será que os automóveis foram transferidos para o futuro?

— Já temos perguntas demais. Acho melhor continuarmos nossa caminhada, senão fica tarde — falou Meia-Noite.

— Quantas horas, Professor?

— Eu sou um mico, se esse relógio não estiver marcando sete horas! — apostou Deputado.

— São sete horas. Meu relógio está em greve. Vamos em frente, pessoal! — chamou Professor Coruja.

Meia-Noite era o guia, já que conhecia a cidade como se fosse a palma de sua mão.

— Para onde estamos indo?

— Vamos até nossa pracinha — explicou o pretinho.

— Boa idéia.

— Sei não. Deve ter virado cemitério de automóveis também — resmungou o gordo.

— Isso é crime! Destruir nossa praça! — protestou Deputado.

Nesse instante ouviram passos corridos por entre as pilhas de automóveis. Ficaram calados, respiração em feriado, aguardando os acontecimentos.

— Piloto!

Foi um grito uníssono de toda a turma. Piloto, que surgira bem em frente, brecou sobre os saltos e caiu sentado, de tanto susto. Depois, já recuperado, correu em direção aos amigos, abraçando um por um.

— Imaginem, não sabia onde encontrar vocês. Acabei saindo naquele mundo cheio de fumaça...

— De que é que você está falando? — indagou Xeretinha?

— É. Nós saímos num lugar cheio de máquinas, chão de plástico...

Nem Professor Coruja soube explicar o que havia acontecido. Como é que saíram do baú e foram dar em mundos diferentes. E agora, lá estavam novamente unidos.

— Onde vocês iam?

— A gente estava procurando a nossa pracinha...

— Eu tive a mesma idéia. Para mim, a resposta disso tudo deve estar naquela casa do mágico.

— Se é que ela ainda está de pé — duvidou Marcha-Lenta.

Mais animados pelo encontro, caminharam apressados, até chegar ao seu alvo. Nova surpresa. A pracinha permanecia intocada! O caramanchão, onde costumavam brincar de quatro-cantos, ainda era o mesmo, todo coberto de ramagens e flores. A grama continuava verde e até o céu tinha um azul que cheirava a anis. A alegria foi tanta que rolaram pela grama, esquecidos de todos seus problemas. Só o cansaço veio devolver-lhes a noção das coisas.

— Muito bem, turma. Agora temos de tomar uma atitude.

Como que hipnotizados, todos se voltaram para a casa do Mágico Desinventor. Ela estava lá. Indiferente a tantos milênios de transformação e destruição. Levantaram-se e atravessaram a rua. O portão rangeu como da primeira vez, dando aquela sensação esquisita, como se alguém lhes tivesse jogado um sorvete dentro das calças. Piloto-das-Coisas girou a maçaneta e entraram: lá dentro, um imenso deserto de areia. Não havia mais as paredes nem o teto, nem o assoalho. Nem mesmo a porta atrás deles. Tudo era só aquele imenso areal. Sem vida, cheio de solidão.

TERCEIRA PARTE

CERTO DIA O SONHO CHEGOU

I

— Turma, estamos num deserto, sem camelo! O negócio é ir em frente.

Sem outra escolha, começaram a andar por aquele deserto, na esperança de encontrar alguma coisa. Até que divisaram, costurando o céu no chão, lá bem no horizonte, uma fila imensa de animais.

— O que será aquilo? — intrigou-se Xeretinha.

Todos ergueram os ombros, estirando o beiço.

— Nunca vi fila de bichos. De qualquer forma, é bom a gente dar uma olhadinha.

Depois de alguns segundos de hesitação, a turma começou a seguir Piloto-das-Coisas, descendo e subindo as dunas de areia. Pararam a uma certa distância, sem poder entender ainda o que detinha aqueles animais pacientes e ordenados em fila.

— Eu não entendi essa.

— E eu já venho não entendendo nada há muito tempo! — falou Deputado.

— Será por que eles estão na fila?

Foi quando o Paparikos Purutakos Patakos I saiu da Caixa de Inutilidades de Meia-Noite.

— Olha o Paparikos aí. Até já tinha me esquecido dele.

— Grande novidade, grande novidade — respondeu Paparikos. — Vocês vêm se esquecendo dos animais há tanto tempo, viu!

O pasmo foi geral. Com um abismo entre os lábios, todos olharam o papagaio, tranqüilamente empoleirado na caixa de engraxate, como se já estivesse acostumado a falar há séculos. Um orador nato. Depois, como visse que ninguém falaria um A, se ele não quebrasse aquele espanto, Paparikos completou:

— E esquecendo de vocês mesmos, ora essa, ora essa! Afinal, não fôssemos nós, os animais irracionais... irracionais, vejam só, estou falando feito gente, feito gente!

— Espera aí, Paparikos — interrompeu Piloto-das-Coisas. — O que é que a gente fez? Será que o miolo mole do Meia-Noite andou esquecendo de dar sua comida?

— Ora, ora. Deixemos os particulares e passemos pros geralmente!

— Você andou deixando esse papagaio ver novela?

— Eu não — respondeu Meia-Noite, ainda inacreditando no que ouvia.

— Eu também não sabia que bicho falava! — admirou-se Xeretinha, recuperando a fala.

— Ah! ah! ah!

Foi uma gargalhada geral. Toda a fila rolava na areia, de tanto rir. Até os desajeitados hipopótamos e elefantes viraram e se reviravam de costas, sacudindo aqueles cotozinhos de pernas para o céu.

— Essa é boa — exclamou um tamanduá.

— Se é, compadre! — concordava um canguru.

O elefante enxugava os olhos com a tromba.

— Vocês humanos podem ter se esquecido do tempo em que os bichos falavam. Mas nós, os animais, e eu particularmente... vocês sabem como nós elefantes somos bons de lembrança, né?... pois então. Nós não nos esquecemos disso. Continuamos a cooperar uns com os outros, como a Mãe Natureza mandou.

— Quer dizer que os bichos falavam mesmo?

— Creio que sim, menininha — disse um leão, ofendido em sua majestade. — Houve um tempo em que os animais falavam. Falavam como os homens. A mesma língua. E íamos nos entendendo. Depois, não sei por que cargas d'água o bicho-homem deu de querer mudar o rumo do barco.

— É — continuou um tigre — aí vocês já podem imaginar: desequilibrou tudo.

Sem que os meninos pudessem dar um pio, centenas de animais iam explicando os horrores do desequilíbrio ecológico para cada espécie. E falaram os elefantes, girafas, hipopótamos, antílopes, aves aquáticas, tartarugas, cobras.

— Nós, os elefantes, estamos seriamente ameaçados. Vejam bem vocês: sempre fomos caçados pelos homens. Agora a matança atingiu um ponto inaceitável. Centenas de milhares de meus irmãos foram abatidos num só ano!

— Centenas de milhares?!

— Isso mesmo. Mais de duzentos mil. E sabem por quê? Por causa de nossos dentes. São centenas de toneladas de marfim exportadas para o mundo, principalmente para Hong Kong. Lá são transformadas em pequenas estatuetas, peças para jogos de xadrez e outras besteirinhas de indiscutível utilidade — disse o paquiderme, com uma cor amarga na voz. — Enquanto isso, os elefantes do norte da África já evaporaram. Há lugar onde somos caçados com helicópteros!

— Que covardia! Nós sentimos muito.

— É, nós sentimos mais ainda — resmungou o elefante.

— Vocês humanos sempre dizem isso — criticou um ornitorrinco.

— Vejam o caso do meu parente, o tigre branco — falou um leopardo. — Há pouco tempo morreu o último macho da espécie. Isso quer dizer, simplesmente, que ele está definitivamente extinto. Não é de chorar?

— A gente ri pra não chorar — comentou uma hiena.

Piloto-das-Coisas resolveu, então, esclarecer suas dúvidas e descobrir uma maneira de retornar para a casa do mágico, na época exata em que haviam saído.

— Nós estamos perdidos. Não sabemos onde estamos. O que é essa fila, afinal de contas?

— Vocês ainda não desconfiaram?

— Não.

— Essa é a fila da extinção.

— Sim, estamos aqui esperando a vez de desaparecermos da face da Terra, para sempríssimo! — explicou uma preguiça.

— É por isso que essa fila é tão grande.

— Sim, menino. A fila é muito grande. Mas anda depressa, porque o homem está destruindo a Natureza — respondeu uma garça.

— E para onde ela vai?

— Vamos para um lugar lindo, cheio de plantas e águas cristalinas. Lá viveremos com nossa Mãe Natureza, em completa paz e harmonia — falou um lobo-guará.

— Lá já vivem exemplares de todas as espécies que sumiram com o tempo, ou foram covardemente caçadas até a extinção.

— Deve ser muito bonito mesmo — concordaram os meninos.

— Eu sempre gostei de animais. Nunca vi um animal solto numa floresta. Deve ser muito bonito. Dentro de jaulas eu acho triste.

— É. Nós sabemos que vocês, crianças, têm bom coração. Até mesmo alguns adultos são bons. Lutam pela nossa causa. São nossos advogados no mundo que vocês chamam de civilizado — comentou uma raposa.

— Eu queria saber por que é que nós estamos aqui.

— Talvez vocês fiquem chocados, mas acho que é pra vocês tomarem seus lugares na fila — falou o leão.

— Na fila?! — apavorou-se Meia-Noite.

— Certo.

— Nós estamos em extinção? — perguntou Marcha-Lenta agitado.

— E por que outra razão seriam enviados para a fila? — raciocinou uma coruja.

— Engraçado — aparteou uma hiena — eu mesma não acreditava que o homem fosse se dar mal tão cedo!

Um coala:

— O homem não percebe que, ao matar todos os outros animais, ele vai matando a si próprio. Um dia, ele vai chegar ao fim. No dia em que destruir toda a vida do planeta, não vai ter onde morar. Talvez o homem corra para outros planetas, se até lá tiver se desenvolvido o bastante para viajar pelo espaço. Mas sobre a Terra não haverá mais lugar para ele.

— Mas nós não vamos para o fim da fila. Nós vamos conversar com a Natureza. Talvez ela saiba onde está a casa do Mágico Desinventor. A gente sabe que ele está desinventando tudo. É preciso contar pra ele tudo o que a gente viu. Ele precisa dar uma mãozinha pra salvar o mundo! — falou Piloto-das-Coisas.

— Nós não sabemos onde está o tal mágico.

— E nem sabemos como sair daqui!

— O que existe além desse deserto? — perguntou Xeretinha.

— Para todos os lados só existe o deserto. Apenas no início da fila vocês vão encontrar a floresta e o mar, onde está a Mãe Natureza nos esperando.

— Então é pra lá que vamos. Talvez ela conheça o Mágico — resolveu o líder da turma.

— Então, boa sorte — responderam os animais.

Os meninos foram acompanhando a fila, para encontrar a Mãe Natureza. Quem sabe ela teria a chave da porta de saída daquela aventura? Só não tinham certeza se ela teria paciência para conversar com eles, pois eram humanos. E fazia um tempão que os homens haviam se esquecido dela!

II

Por quanto tempo andaram ao lado da fila de animais, não podiam calcular. A verdade é que o Sol não saía de seu lugar, ali quase incendiando o telhado do horizonte: vermelho, um crepúsculo que vinha trazer aquela pitadinha de tristeza e alongar a sombra das coisas pela areia do deserto. Quantos animais diferentes viram, nem podiam imaginar. A grande maioria eles nem mesmo conheciam. Em alguns setores, a imensa variedade de aves tornava a fila barulhenta. Em outros, várias espécies de tartarugas, cobras e lagartos conservavam a fila sonolenta e silenciosa. As dunas sucediam-se, dando a impressão de que, quanto mais eles caminhavam, mais a fila se espichava. Até que, quebrando o silêncio do cansaço do grupo, Meia-Noite notou a ponta da floresta, que se destacava bem lá na frente. Foi como um chamado. Todos apertaram o passo, seguindo Piloto-das-Coisas, que puxava Xeretinha pela mão.

— Vamos rápido, cambada. Já não agüento mais de vontade de conversar com o mágico. Tem muita coisa que precisa ser explicada. Parece que o mundo está em nossas mãos.

— Também acho — concordou Professor. — Pelo que nós vimos lá naquela cidade de máquinas, o futuro reservado ao homem não é dos melhores.

— Vocês precisavam ter visto o que eu vi. O homem todo mudado, nem parecendo gente mais — recordou Piloto.

— Engraçado. Eu ainda não havia pensado nisso — pensou Professor Coruja em voz alta.

— Em quê?

— Qual é o futuro, afinal de contas? O mundo mecânico, ou esse aí cheio de fumaça, que você viu?

— Eu acho que qualquer um. O futuro pode ser qualquer coisa. Depende do que for feito agora. Parece que foi isso que nós vimos.

— Então pode ser que não aconteça nem um nem outro!

— Concordo, Professor. O futuro pode ser muito bom. Por isso eu estou com pressa. Tenho quase certeza de que a Mãe Natureza sabe como chegar ao mágico. Precisamos falar com ele. Se a gente conseguir convencê-lo de nos ajudar com seus poderes...

— Já estamos quase chegando! — animou Deputado.

— ... nós poderemos salvar o planeta — continuou Piloto — e a fila da extinção vai terminar. Aí o homem do futuro não será nem um escravo das máquinas, nem um monstro, deformado pelas guerras atômicas e pela poluição. Nem outra coisa pior!

O oásis estava ali, a poucos passos. Podiam sentir a presença daquela floresta maravilhosa. O cheiro bom do canto dos pássaros. A alegria de alguma cascata se precipitando em um lago doce e puro. Ali deveriam estar os peixes eliminados pelo homem.

— Canto de passarinho tem cor?

— Que pergunta é essa, Xeretinha?

— Li isso não me lembro onde...

— Vamos entrar na floresta? — perguntou Marcha-Lenta.

— Claro. Não pode acontecer nada. Você não está lembrado de que todos os animais vivem em harmonia aqui? Esta é a casa da Mãe Natureza.

— É contagiante.

— É o quê?

— Feito um abraço de música, Marcha-Lenta. A paz que irradia daí é envolvente, não acha?

— Deve ser mágica. Você até virou poeta, Meia-Noite!

— Então vamos rápido, gente. Precisamos encontrar a Mãe Natureza.

Entraram pelas ramagens e por entre as árvores, sem rumo. Depois pararam para beber em um regato e descansar da longa caminhada.

— Onde será que ela está? — interrompeu Xeretinha. girando a cabeça, em busca de um fantasma.

— Ora, por aqui, em todo lugar. Tudo isso é Natureza.

— Então fala logo com ela. Pergunta como é que a gente volta pra casa, Piloto — pediu Marcha-Lenta.

Piloto-das-Coisas escolheu uma árvore. Imensa e majestosa. Meia-Noite, o vento. Marcha-Lenta, um inseto desocupado. Deputado, a correnteza do córrego. Professor Coruja, uma ave de cores desconhecidas num galho nas grimpas. Xeretinha virou-se para a flor mais próxima.

— Oi, Mãe Natureza!

— Oi também, mamãe!

Como se trazida pela brisa, que nem se viesse de todos os lados e de lugar algum, feito se viesse de dentro deles mesmos, a Mãe Natureza falou. E sua voz era macia, colorida e doce.

— Como estão vocês, crianças?

Não houve susto. Era a surpresa mais sonhada falar com a Natureza. A voz era tão terna e tenra, feito a voz de um velho amigo que retornasse de longa viagem.

— Puxa, eu não sabia que as flores falavam! — exclamou Xeretinha.

— Nem a água — admirou-se Deputado, aproximando o rosto à face cristalina do regato.

— Pois tudo que existe fala, meus filhos. Não necessariamente com palavras. Mas existe uma forma de comunicação para cada coisa. Aqui, todas as coisas são felizes. Todos os animais. Todos os vegetais. Porque são puros.

— Nós também estamos felizes aqui — confessou Piloto-das-Coisas.

— É, nem dá vontade de voltar para casa — concordaram todos.

— Ah, e por falar nisso, o que é que vocês estão fazendo aqui? Não me lembro de ter chamado o bicho-homem para meu oásis.

— Não chamou mesmo. Nós é que estamos perdidos — explicou Deputado.

— E precisavam se perder tão distante no tempo e no espaço?! — admirou-se a Natureza.

— É que nós estamos procurando a casa do Mágico Desinventor.

— Eu conheço. Muito meu amigo. Uma alma muito boa. O que vocês querem com ele?

— Estamos atrás dele para pedir ajuda — explicou Marcha-Lenta.

— Isso, Mamãe Natureza. Nós vamos salvar o mundo.

— Salvar o mundo, menininha? Como?

— É um pouco de exagero da Xeretinha. Mas a gente quer pedir a ajuda do mágico. Ele parece ser muito poderoso. Então nós vamos tentar melhorar as coisas — falou Professor Coruja.

— Precisamos saber como voltar para a casa dele.

— E urgente, Mamãe.

— Não sei se devo... — murmurou a Natureza.

— Precisa confiar em nós — pediu Deputado.

— Ora, eu confio. Eu confio nas crianças. Eu sei que vocês são boas. Mas o Mágico Desinventor tem estado muito ocupado. Tem trabalhado muito. Às vezes vem repousar um pouco aqui. Bem aqui na beira desse regato, perto desse lago. Olhando as plantas, as flores, a cascata. Diz que é o lugar mais lindo que já viu.

— A senhora sabe o que ele tem feito? — perguntou Xeretinha.

— Hum... Seja o que for, deve ser pelo bem, porque ele seria incapaz de fazer o mal.

— Gostaria de saber o que foi que ele desinventou. Pelo jeito, quando nós voltarmos, o mundo não vai ser a mesma coisa — disse Piloto-das-Coisas.

— Já não era, quando a gente saiu — lembrou Marcha-Lenta.

— Vamos, Mamãe Natureza. Nós precisamos falar com ele! — suplicou Meia-Noite.

— Bem, creio que agora vocês não o encontrarão em casa. Está numa viagem pelo mundo. Deve estar verificando pessoalmente os resultados de suas desinvenções, não é isso?

— E quando ele volta?

— Bem, se vocês quiserem ficar conversando comigo, nem notarão o tempo passar. Aliás, o tempo não passa por aqui. Lá fora, sim. Enquanto isso, por que não caminhamos? Eu estou em todos os lugares e a gente poderá conversar.

— Então vamos, turma. Tempo é o que não falta. Aliás, parece que os relógios estão com ele entalado entre os ponteiros.

Toda a turma pulou o riacho, caminhou entre árvores de todas as espécies, até sair numa praia.

— Que mar limpinho, vejam só!

— Que praia é essa?

— Nenhuma que vocês conheçam — respondeu a Natureza. — Vejam, as baleias estão lá na frente. Há uma fila de peixes também: O mar ainda é praticamente inexplorado. Mas nem por isso ficou livre da poluição e destruição.

— Parece que o homem vem sujando tudo, né?

— É a minha ovelha negra — brincou a Natureza.

— E sujeira é sinal de tristeza. Vocês repararam como os rios estão tristes? Os lagos? Os mares? As cidades, com suas ruas cheias de água estagnada. Mau cheiro. Não sei qual é o prazer de se viver assim. As cidades são coisas tristes. Sei que foram surgindo devido ao caráter social do homem. O ser humano é um bicho que não sabe viver sozinho. Agrupa-se. Mas as cidades modernas não resolvem mais esse problema. Se você vivem numa cidade de um, dois, dez milhões de habitantes, quantos indivíduos vocês conhecem? Com quantos vocês convivem? De quantos realmente precisam? No fim, vocês chegam à conclusão de que as cidades, se fossem menores, seriam mais humanas. Serviriam aos homens. As pessoas teriam tempo para conversar. Teriam espaço para caminhar. Ar para os pulmões...

— É mesmo. Os rios estão mesmo tristes. E o mar todo sujo de óleo e muitas outras coisas — concordou Piloto.

— Mas nós não sabemos mais viver como os índios — falou Deputado.

— Realmente — concordou a Natureza. — Não quero dizer com isso que sou contra o progresso. Não pretendo que os cidadãos tirem as roupas e penetrem nas florestas para comer raízes. O que lamento é que o homem perdeu o respeito e se afastou de mim, coisa que o índio não fez. O pior é que o homem branco se mete a civilizar os poucos amigos que me restam. Civilizar... Meu Deus, essa palavra me arrepia.

— E isso é errado, Mamãe?

— Vejam bem, meninos: uma tribo vive na beira de um rio, numa determinada época. Ali, abatem as árvores, abrem uma clareira e constroem suas malocas. Plantam suas roças. Os caçadores vão pelas redondezas e trazem os animais de que precisam para sua alimentação. Depois de uma certa época, eles abandonam o local. Partem em busca de outra área, onde o rio tenha mais peixes, onde os animais existam em maior abundância, onde a terra está forte para a plantação.

— Ah, mas não é ruim abandonar tudo?

— Aí eles vão derrubar mais árvores ainda...

Mamãe Natureza explicou:

— O número de árvores abatidas é muito pequeno. Na verdade, esse desmatamento restrito faz bem. Numa região onde só existiam árvores, mata fechada, vai existir uma pequena área, que fornecerá pasto para algumas espécies de animais. Por outro lado, se os índios se fixam temporariamente, nem os peixes do rio, nem a caça desaparecerão totalmente. Ficarão muitos exemplares que vão procriar, restabelecendo o equilíbrio normal da área. O índio, como ele vive, nômade, é um ser perfeitamente integrado à floresta. Faz parte dela.

— Então não devemos tentar fixá-los num lugar só, né? — concluiu Meia-Noite.

— Fixando-se, eles logo terão a terra cansada, que não vai produzir boas colheitas. A caça e a pesca somem. Com a pouca colheita, derrubarão novas árvores, aumentando a área desmatada. E os animais vão sumir de vez. A terra vai se cansar novamente. No fim, teremos uma grande região que não servirá pra nada. As cidades não são assim? As áreas próximas às cidades são pobres em animais e flora silvestre. Quanto maior a cidade, maior o prejuízo para mim — lamentou a Natureza.

— Então, os índios não precisam da gente, né?

— Se precisassem, Deputado, eles viriam da selva para pedir ajuda. Os índios que pedem ajuda são aqueles que já foram civilizados. Foram forçados a deixar de ser índios, para se transformarem em homens urbanos. Pedem tratores, máquinas para trabalhar na terra que já se cansou. Precisam compensar a caça que sumiu, a pesca que não existe mais. Vocês já devem ter ouvido notícias de caciques que pedem ajuda do governo civilizado. Fazem isso porque agora não passam de homens civilizados em dificuldades.

— Deixaram de ser índios?! Um índio é sempre um índio.

— Veja o seguinte, Piloto: muitos já não têm religião de índio. Vestem roupas como vocês. Não têm mais os costumes dos seus antepassados. Esqueceram as suas tradições. Nem mesmo falam a língua de seus pais! Imaginem se todos os brasileiros deixassem de falar o português, não dançassem nossas danças, não preparassem nossa comidas não se vestissem tipicamente, não cantassem, não escrevessem, não pintassem, não representassem suas peças de teatro. O que seria do povo brasileiro? Ele deixaria de existir, não é? Sabem por quê? Porque um povo existe e é forte pelas suas tradições. Pela sua língua. Pela sua arte e filosofia. E é isso que pode acontecer... a extinção da raça... se começarem a civilizar todos os índios. Um dia, nenhunzinho será visto sobre a Terra.

— Puxa, eu não sabia que era assim tão complicado!

— Nem eu. Parece coisa séria. De vida ou morte — comentou Professor.

— E é. Tem muita gente preocupada com esse tipo de problema. No mundo ainda há muita gente boa — falou a Natureza.

— Por isso nós precisamos continuar — lembrou Piloto-das-Coisas.

— Acho que agora vocês podem ir — concordou a Mamãe Natureza.

— E como é que voltamos para a casa do Mágico Desinventor? — indagou Xeretinha.

— Pulem num espelho. A casa do mágico fica lá embaixo, no céu.

— Num espelho?

— Voltem ao lago. Sua face é serena e plana como um espelho — explicou a Natureza.

Voltaram ao lago, subindo até um dos barrancos de sua margem.

— Vamos pular?

— Ih, eu não sei nadar não! — recuou Marcha-Lenta.

— Mas é um espelho! E quem falou que tem jeito de nadar num espelho? — argumentou Piloto-das-Coisas, tentando encorajar o gordo.

— É mesmo. Nós vamos pular no céu. E no céu a gente não nada. A gente voa! — falou Professor Coruja, animando com a nova experiência.

— E eu sou passarinho por acaso?

— Deixe de conversa e vamos logo — chamou Piloto, pulando na frente.

Todos o seguiram. Na medida em que caíam, o lago parecia se distanciar mais e mais. Não tocaram a tona d'água. Aconteceu algo mágico, como se realmente caíssem em direção às nuvens. E aquela moleza, uma sonolência pesando nos olhos. Até que surgiu, bem longe, um pontinho. Veio crescendo, crescendo até se transformar num círculo negro. Feito uma boca, que foi engolindo a turma toda.

III

Saíram pela boca da cartola. Na verdade, estavam do tamanho de um coelho. À medida que rodavam no ar, iam crescendo até voltarem ao tamanho natural. Pousaram de leve no chão, como folhas secas. Quando espanaram todo o encanto, deram com um velho de barbas longas sentado na escrivaninha, anotando qualquer coisa na *Primeira e Única História das Desinvenções.* Ele interrompeu seus apontamentos calmamente sob o olhar da turma e sorriu para eles. Tinha jeito de quem estava ali esperando pela turma. Como o silêncio derramou pelas bordas de sua paciência, Xeretinha resolveu apresentar as partes contemplativas.

— Oi, eu sou a Xeretinha. O senhor deve ser o Mágico Desinventor, né?

— É, sou o próprio. Na verdade, eu sou o grande Hafilazundum Dbum Aipoft Zaptbum Uipuft Dum Gabum Tóim Von Tibum — respirou fundo — Hafilazundunzaptbum para os amigos.

Ante o espanto da turma, ele resolveu explicar o seu nome.

— Eu também não sei como consegui dizê-lo. Geralmente engasgo. Só mesmo Planador para decorá-lo facilmente.

— A gente vai ter de chamar o senhor dessa coisa complicada? — perguntou Meia-Noite, ainda embaraçado em tantas sílabas.

— Claro que não. Eu só estava me apresentando. Prefiro que me chamem como sempre fizeram: Mágico

Desinventor. Esse nome, Hafilazundunzaptbum e tal e coisa, foi invenção de meu pai. Meu pai sempre foi um mago muito brincalhão. Por onde andará ele? Acho que fazendo alguma conferência em Saturno... Bem, de qualquer maneira, estou muito feliz por vocês estarem aqui. Eu me sinto muito bem entre crianças. Gente de juízo. Não se deixa enganar por palavras.

O mágico passou a mão na cabeça de Xeretinha.

— E agem dentro de uma lógica muito própria. Tudo é muito simples, feliz e possível no mundo infantil.

— Mas de que é que o senhor está falando, hem? — perguntou a menininha, confusa.

Ele sorriu.

— Não reparem. Às vezes falo sozinho. Planador volta e meia some dentro dessa cartola. Não sei o que ele arruma aí dentro que lhe toma tanto tempo. E então fico sozinho. Mas não sei parar de falar.

— O senhor deve se entender bem...

— É, eh, eh, eh — riu o velho. — Realmente, meu menino. Nós somos nosso melhor amigo. Convém conversar consigo mesmo, antes de tomar uma atitude.

— A gente não está entendendo muito bem o que está acontecendo — explicou Piloto-das-Coisas.

O mágico parou, pensativo. Alisou o bigode, depois a barba longa que cachoeirava sobre seu peito.

— Eu sei, eu sei. Para vocês deve estar tudo muito confuso. Mas, se vocês se acomodarem em volta da mesa, eu posso explicar tudo. Tintim por tintim.

Os meninos sentaram-se à mesa. No centro estava a bola de cristal.

— Para que vocês entendam o que está ocorrendo, convém dar uma volta pelo mundo.

— Mas de que jeito? O senhor desinventou o avião...

— Não, não é preciso nada disso. Nós vamos usar meus poderes. Basta que vocês se concentrem na bola de cristal. Todos vocês. Olhem com força, concentrem

Marco Túlio /80

suas atenções no que a bola vai mostrar. Assim, todos olhando. Fundo, lá dentro da bola de cristal... vocês estão vendo? Estão vendo?

— Estou vendo um coelho — falou Xeretinha.

— Um coelho...

O mágico levantou-se de sua cadeira e encostou o nariz na bola.

— Planador! O que é que você está fazendo aí? Com mil cenouras!

Dentro da bola, o coelho parecia atrapalhado com o flagrante. O mágico levantou a bola e enfiou a mão no seu fundo oco. Puxou Planador pelas orelhas e colocou-o sobre a mesa.

— E essa agora! Como foi que isso aconteceu?

— Juro que foi sem querer, chefe. Eu estava apostando uma corrida com aquela tartaruga, sabe? Queria limpar a honra da família...

— Que história é essa? — quis saber Xeretinha.

— É uma história muito antiga. Do tempo em que os animais falavam.

— Nós ainda falamos — protestou Planador.

— Eu sei. Era do tempo em que o homem se comunicava com os bichos. A lebre apostou uma corrida com a tartaruga. E perdeu. Achou que seria muito fácil e dormiu sob uma árvore. Dormiu no ponto. Quando acordou, a tartaruga cruzava a linha de chegada — contou Professor Coruja.

— É isso mesmo. Esopo até transformou essa história em fábula. Mas o que isso tem a ver com minha bola de cristal?

— Bem, chefe, eu fui pegar um atalho e, de repente, *zupt*, caí num buraco.

— Ali dentro, né?

— O senhor nem vai acreditar...

— De você, meu amiguinho, posso esperar qualquer coisa. Imaginem vocês, crianças, que ontem mesmo ele quis apostar uma corrida com Aquiles.

— Quem?

— Aquiles. Foi um grego. Um herói que lutou na guerra de Tróia.

— Uma guerra contra coelhos? — admirou-se Deputado.

— Não, meu filho, os coelhos não lutaram em Tróia.

— Nós não somos chegados a essas coisas. Temos um lema: faça amor, não faça guerra — falou Planador.

— Acontece que na antiga Grécia havia uns filósofos chamados de sofistas. Era um grupo que trabalhava muito bem com as palavras. O objetivo era convencer o adversário, numa discussão.

— Eram comerciantes, então.

— Mais ou menos, Piloto. Vendiam argumentos.

— E coelhos.

— Meu Deus, Deputado, deixe o Mágico explicar! — suplicou Marcha-Lenta.

— Acontece que um dia eles provaram que Aquiles jamais alcançaria uma tartaruga, que caminhasse a uma certa distância.

— E os gregos acreditavam nisso?! — admirou-se Xeretinha.

— Os sofistas diziam que, para Aquiles chegar até a tartaruga, ele teria que chegar, antes, até a metade do caminho. E que, antes ainda, teria de chegar à metade da metade. E antes, à metade da metade...

— Então ele nem sairia do lugar! — concluiu Professor Coruja.

— Nem pegaria a tartaruga — riu o mágico. — Sempre haveria uma metade a ser vencida, antes.

— Mas pega — disse Professor Coruja.

— Claro. E como! — disse Planador.

O mágico riu da cara do coelho e explicou para a turma:

— Isso porque, se para pegar a tartaruga ele levaria 10 minutos, até a metade do caminho levaria cinco. Se a distância é dividida, o tempo também é dividido. Os sofistas não prestaram atenção a isso.

— Se Aquiles não anda, o cronômetro também não! — completou Meia-Noite.

— Certo.

— E o coelho? Que é que tem a ver com isso?

— É que Planador, sabendo dessa história, quis desafiar o Aquiles. O herói *vupt!* Catou-o pelas orelhas. Se eu não interferisse, o meu amigo seria servido à caçadora. Aquiles teria uma refeição mágica!

— O pior é que, depois dessa, a tartaruga passou a rir de mim. Que vergonha!

— Não se lamente, Planador. A tartaruga sempre foi um animal esperto nas lendas e histórias populares. Mas acho que devemos voltar ao que havíamos começado. E agora parece que teremos mais um passageiro em nossa viagem pelo mundo. Planador, bem-vindo a bordo!

IV

Agora a bola de cristal não era mais transparente. Tornara-se de um azul claro, um azul longe, que ficava mais forte e mais brilhante, à medida que eles se sentiam flutuando como bolhas de sabão. Rumo ao espaço. Só a voz de Hafilazundunzaptbum soava naquele silêncio macio, que parecia acariciar o corpo de cada um deles. A bola tornou-se de um azul escuro, cercado de nuvens brancas: era a Terra. Estavam flutuando sobre o planeta. Era a coisa mais linda que já haviam visto até naquele momento.

— Santa mãe, estamos no espaço! — murmurou espantado Marcha-Lenta.

— Na verdade, não. O que está no espaço é nossa mente. Mas é como se estivéssemos por inteiro. Podemos sentir. Vejam, lá está a América do Sul. Precisamos ver o que está ocorrendo pelo Brasil. Vamos descer. Venham comigo.

O mágico desceu na frente puxando o grupo pela mão. Naquela roupa branca, parecia uma gaivota bordando um caminho silencioso no céu. A Terra crescia, crescia e em pouco não podiam vê-la de um só gole. Era preciso mover a cabeça, ver o Pólo Norte, descer pela Europa, África até o Pólo Sul. Continuaram a descer e a América do Sul era uma imensa mancha sob seus pés, as cordilheiras feito um arrepio da Terra com frio. Até que pousaram.

— Onde estamos? — perguntou Xeretinha.

— São Paulo — localizou o Mágico. — Aqui era a cidade de São Paulo.

— Onde estão todos?

— Acho que ninguém se atreve a sair de casa com tantos acontecimentos malucos — opinou Piloto-das-Coisas.

— Mas precisam trabalhar. São Paulo não pode parar! — lembrou Deputado.

— Acho que esse lema estava levando o mundo todo à destruição. Se ele não parasse, eu não acredito que em pouco tempo houvesse mais alguma coisa, além de áreas de estacionamento! — disse o mágico.

— E onde estão os edifícios? Tudo sumiu!

— Eu desinventei os edifícios.

— Ora, por quê?

— Onde as pessoas vão morar agora?

— A Terra ainda tem muito espaço. Não sei por que todo mundo queria morar empoleirado — explicou o mágico.

— Deve ter sido muito chocante para todos.

— Na verdade, Deputado, eu mal havia acabado de desinventar os edifícios, quando vocês me encontraram. Nem mesmo vi o que aconteceu. As pessoas ainda devem estar hipnotizadas.

— Da mesma maneira que ficaram quando desapareceram os automóveis?

— Certo.

— Mas isso é muito perigoso. Acho bom a gente ir até uma zona residencial! — propôs Piloto-das-Coisas.

Tomaram um vento e não precisaram viajar muito, até que as primeiras pilhas de pessoas aparecessem. Havia naquele edifício de 20 andares. Os inquilinos do primeiro bufavam sob o peso de todos os outros de cima. O pessoal do segundo se contorcia sobre uma base oscilante e u mpeso de amargar. Era cômico. E se não fosse a preocupação do grupo com uma possível queda, ficariam ali admirando o quadro o dia todo. Aliás, pela redondeza era o único edifício dessa grandeza que se agüentava de pé. Todos os outros haviam desabado com maiores ou menores escoriações. Sobrava um grande número de pequenos prédios e sobrados.

— Mas como foi que aconteceu isso? Os edifícios não podiam simplesmente desaparecer!

— Seria um desastre. Você tem razão. Pessoas cairiam do trigésimo andar e se esborrachariam como jacas. Plaf! — falou Deputado.

— Eu precedi cada desaparição de um tremor de terra. As pessoas corriam para a rua, amedrontadas. Depois voltavam para casa, já que nada acontecia.

— Como assim?

— Elas pensavam que nada havia acontecido, mas os prédios haviam sumido.

— Só que elas não percebiam isso, não é assim? Como no caso dos automóveis...

— Exato. Tão acostumadas estavam em morar umas sobre as outras.

Todos voltaram os olhos para o totem cambaleante, que daí a pouco viria ao chão.

— Acho melhor o senhor dar um jeitinho nessa turma de malucos, antes que o morador do segundo resolva sair para fazer compras. Aí, já viu, né?

— É melhor mesmo.

Num estalar de dedos, os membros daquele edifício foram se destacando e flutuaram suavemente até o chão. Num segundo toque, recuperaram a consciência. Foi uma balbúrdia. As pessoas corriam de um lado para outro, ajudando os feridos e amassados dos edifícios que já haviam desmoronado. Ou auxiliavam as pessoas ainda empoleiradas a alcançar o chão.

— Vamos a outras cidades?

— Não sei se estarão diferentes. Imagino Copacabana: um número incontável de totens com cara de bobo alegre, a olhar o mar.

— Como essas pessoas irão se virar? — preocupou-se Marcha-Lenta.

— Isso é o que me preocupa. Duvido muito que eles saibam fazer qualquer coisa. Tudo hoje em dia já vem pronto. Basta andar num supermercado.

— Ótima ocasião para a gente lançar uma «Casa Instantânea». Misture numa xícara de água e leve ao fogo brando...

— Os americanos já devem estar pensando nisso.

Hafilazundunzaptbum riu da idéia de Piloto-das-Coisas. Mas havia um ar de preocupação, quando chamou o grupo para continuar sua vistoria.

— Que cara é essa?

— Isso que você disse, Piloto.

— Sobre supermercados?

— É. Eu desinventei praticamente tudo que existe num supermercado.

— Ih...

— As pessoas vão passar aperto. Quase tudo que elas compravam vinha deles. Como é que vai ser agora?

— O que foi que o senhor desinventou, afinal?

— Eu tenho horror a latas, a vidros e a embalagens plásticas. Tudo isso polui. É um gasto imenso de matéria-prima, para coisas que vão ser jogadas fora. Não sei não. Pra mim, quando iniciou a tal Revolução Industrial, na Europa, lá por 1800, o mundo estava entrando na Idade do Lixo. Nunca se produziu tanta coisa para ser jogada fora. Pra falar verdade, chegamos a uma época em que nem se importa mais com o que vem dentro. O importante é a embalagem. O conteúdo pouco vale. E nós consumimos cada coisa mais imprestável! Deus do céu, tudo é enlatado. Não sei como não haviam enlatado o abridor de latas!

A turma riu do sensível mau humor do Mágico Desinventor, quando falava do mundo moderno. Na verdade, estava tão exaltado que nem reparava que as crianças iam viajando com ele por várias cidades brasileiras, verificando os efeitos desinvencionistas de Hafilazundunzaptbum.

— Vejam só. Não comemos mais nada. Comemos mandioca por carne, chuchu por marmelo, gato por lebre...

— Chefe, o senhor também é cunicófago?!

— Desculpe, Planador. É só uma expressão. Mas vejam só. Não enxergamos mais a cor real das coisas. Tudo tem corantes. Não sentimos o cheiro, pois tudo tem aromatizantes. Nem ao tato as coisas são como são, pois têm espessantes. Meu pobre estômago virou um laboratório, uma farmácia. Antioxidante AI, Corante CI, Conservador P IV, Estabilizante ET III, Acidulante H VII, Aromatizante F II, Flavorizante não sei das quantas! Vocês sabem o que é isso? Será que mata?

— Foi por isso que você desinventou os produtos químicos — falou Professor Coruja.

— Foi. Como você descobriu que eu desinventei as drogas?

— Então os remédios sumiram também! — lembrou Meia-Noite.

— Precisamos ver como estão os hospitais — alarmou-se Xeretinha.

— Eu não sei o que me deixava mais preocupado: o remédio ou a doença. Nós estávamos ficando com mania de doença. O mundo era uma bola hipocondríaca. As pessoas comiam e jantavam remédios. E pior é que tinha remédio pra calo que fazia cair o cabelo, coisas dessa ordem.

Visitavam hospitais. Na verdade as casas de saúde não passavam de depósitos de doentes. O que mais se fazia era engessar braços e pernas dos prédios desmoronados. Além disso, pouca coisa poderia ser feita.

— Parece que a medicina não está agora muito melhor do que na Idade Média.

— Pode estar até bem pior.

— É, também acho, Piloto. O homem não sabe mais curar com as coisas que a Natureza fornece — comentou Professor Coruja.

— Tudo evoluiu. Até as doenças, não foi? Talvez não seja mais possível esse tipo de medicina. Toda a aparelhagem médica desapareceu, mas os problemas estão aí. Como é que os médicos vão se arrumar agora? — perguntou Meia-Noite.

— Agora não existe nenhuma diferença entre um médico e um padre — comentou Marcha-Lenta.

— Só resta rezar — sentenciou Xeretinha.

O mágico coçou o cocuruto. Alisou a barba e não disse nadinha.

V

Voltaram para a sala da Casa da Pracinha. Hafilazundunzaptbum estava muito compenetrado: o cotovelo na mesa, a mão segurando o queixo barbado. A cabeça afogando-se em pensamentos.

— Que é que ele tem, Planador?

O coelho parecia indiferente à atitude amuada do seu chefe, enquanto reinava na cozinha da casa, à cata de qualquer coisa para calar a boca-do-estômago.

— Não se preocupem com ele, meninos. É assim mesmo.

— Está muito calado — falou Xeretinha.

— E triste — completou Meia-Noite.

— Eu diria: ele está analisando — falou Planador.

— É — concordou Piloto-das-Coisas — a situação merece ser pensada.

— Por enquanto, o que merece mais atenção é o estômago. Eu estou faminto. E vocês não querem nada?

— Eu também estou morto de fome. Que horas são? — perguntou Marcha-Lenta.

Professor consultou o relógio.

— Hum... não sei se vão me acreditar. São sete, como sempre.

Deputado:

— Sete?!

Meia-Noite:

— Ainda?!

— É a mesma hora em que nós chegamos aqui!

Xeretinha, encabulada:

— Faz quanto tempo que a gente está aqui?

— Minutos, horas. Dias, talvez. Que importa quantas horas são? — perguntou o coelho.

— Minha mãe deve estar preocupada comigo.

— Acho que vocês estão com a mesma doença dos seus pais.

— Doença?

— Meu Deus — suplicava Meia-Noite, enquanto puxava a pálpebra inferior — vê se eu estou com anemia!

— Diga trinta e três! — ordenou Xeretinha, enquanto observava o olho do pretinho.

— Não é isso! Não avacalhem! Essa doença não apresenta sintomas físicos. A doença está aqui, ó! — disse Planador, batendo o indicador na cabeça.

— De que doença você está falando? — perguntou Xeretinha.

— Uma doença que eu, aliás, meu mestre batizou de Cronomania: uma obsessão, uma paixonite pelo tempo. O homem tem mania de perguntar pelas horas. Quantas horas, quantas horas, quantas horas? Um desesperado. No quarto, na sala, no elevador, na rua, no escritório, no banheiro.

— Uma neurose — lascou Professor Coruja.

— É. Exato. Hafilazundunzaptbum disse que o homem inventou uma máquina que passou a dominá-lo inteiramente. Uma maquinazinha simples, que depois foi sendo aperfeiçoada. Antes, o relógio era um monte de areia que passava de um recipiente para outro. Hoje, temos relógios complicadíssimos. Parecem...

— A fórmula para calcular o custo de vida — emendou Deputado.

— Ih, onde você arrumou essa?

— Meu pai. Ele é cheio de comparações brilhantes

— Muito brilhante o seu pai. Não sei como você nasceu tão pamonha.

— Ele não era tão brilhante assim — brincou Professor.

— Deixando as sutilezas de lado — continuou Planador — o homem aperfeiçoou a máquina que o escravizava! Até parece gostar de seguir à risca o seu senhor, o cronômetro. Os relógios mais modernos podem dizer e sentenciar um atraso de frações de segundo. Percebem como isso é trágico? O homem se martiriza por causa do tempo, perdendo o verdadeiro sabor do pouco tempo que ele tem pra gozar a vida e a natureza!

— Natureza...

— Pensando bem, o relógio está acabando com a Natureza.

— Epa! Que ligação maluca, Planador! — exclamou Meia-Noite.

— Que é que relógio tem a ver com a poluição, com o desmatamento? — intrigou-se Marcha-Lenta.

— Acho que ele tem razão — acudiu Piloto-das-Coisas. — É a forma de conseguir as coisas que faz o homem derrubar árvores e poluir o mundo.

— Sem antes arrumar uma saída, para que essas riquezas possam ser exploradas, sem serem dizimadas! — completou Professor Coruja.

— Isso! Vocês perceberam exatamente o que eu queria colocar — animou-se o coelho.

— Nossa mãe! Só agora eu entendi por que ele vai desinventar o relógio. É um gênio! Se eu fosse ele, teria feito o mesmo. Abaixo o relógio! — berrou Meia-Noite.

— Então, se as desinvenções são tão geniais, por que é que ele está preocupado? — lembrou Deputado.

— Eu acho bom a gente ir lá ajudar o mágico a pensar — opinou Piloto-das-Coisas.

— Será que ele não se importa?

— Claro que não. Ele conta com a inteligência de vocês — falou Planador.

A turma abandonou a cozinha e seguiu para a sala. O mágico estava absorto olhando pela janela, quando entraram. Virou-se e espanou sua preocupação com um sorriso doce.

— Tomaram um lanche?

— É, seu mágico, e barganhamos uma palavrinha com o Planador.

O mágico riu-se da expressão de Meia-Noite.

— Trocaram idéias com o Planador, essa cabecinha de vento? Decerto vocês levaram manta!

— Nem tanto. Planador é um bom sujeito.

— Ah, ele sabe. É que gosta de me chamar de cabeça de vento. Diz que, em vez de cabeça, às vezes ele pensa que eu tenho um ventilador sobre o pescoço.

— Se elogiam como dois velhos políticos...

Todos se voltaram para Deputado.

— Já sei: outra máxima brilhante de seu pai! — falou Professor.

— Puxa vida! O que é que vocês têm contra meu pai?

— Ele é seu pai.

Todos riram da cara de chateação do Deputado.

— Eu estava aqui pensado muitas coisas. Esse passeio de agora há pouco me fez pensar bastante.

O mágico dirigiu-se para sua mesa, abriu o livro e anotou por alguns minutos. Depois virou-se para o grupo, que esperava um seu pronunciamento.

— Resolvi me julgar — falou ele, finalmente.

— Taí o último democrata — murmurou Planador.

— Como assim — perguntou Piloto.

— E vocês vão ser os juízes — continuou Hafilazundunzaptbum.

— Explique isso direito — pediu Professor Coruja.

— É — concordaram todos.

— O mágico é um criminoso? — perguntou Xeretinha.

— Criminoso? Não, o criminoso é o mordomo. Está na cara — solucionou Deputado.

— Epa, eu não fiz nada — protestou Planador.

— Outra do seu pai, Deputado? — gozou Meia-Noite.

— Não. Isso é lógica doméstica — murmurou Professor Coruja.

— Silêncio no tribunal!

Todos se calaram. Xeretinha dominava a situação.

— Obrigadinha pelo silêncio. O senhor poderia explicar que julgamento vai ser esse?

— Muito bem. Espero que vocês aprovem a idéia. É a seguinte:

VI

— Crianças de várias partes do mundo?!

— Todas se entendendo?

— Um julgamento universal?

— Nós vamos decidir como será o mundo?

— Que é que vocês acham, crianças? — perguntou o mágico.

Piloto-das-Coisas enfiou as mãos nos bolsos da calça. A turma o rodeou e ficaram esperando a opinião do líder.

— Eu acho a idéia boa. Como é que a gente vai decidir, se não sabe a opinião dos meninos do outro lado do mundo, né? Quanto mais gente melhor.

— Eu acho que o Mágico Desinventor está fazendo o bem. Mas é bom saber como os outros pensam — concordou Professor Coruja. — Vamos agir democraticamente!

— Está decidido, então: vamos começar a convocar as crianças do mundo para o julgamento.

— Como será feito isso? — perguntou Xeretinha.

— De certa maneira as crianças já estão sabendo o que aconteceu na Terra. Elas não se deixam enganar. Procuram saber o que realmente está ocorrendo.

— Então, todos que comparecerem aqui já estarão avisados de que se trata, né? — falou Meia-Noite.

— Como na Arca de Noé — comparou Marcha-Lenta.

— Uma arca de crianças! — admirou-se Planador.

— Como vamos nos entender? — indagou Xeretinha.

— Ora, a pequena casa da pracinha permite tudo. Isso aqui não é Babel — falou o mágico.

— Babel?

O mágico explicou:

— A história de Babel está na Bíblia, no Gênesis. Vai que, um dia, uma imobiliária resolveu levantar uma torre bem alta. As tribos ali da Babilônia se uniram todas para tocar a obra. E a torre subiu, parafusando o céu. Mas esse parafuso acabou cutucando a santa paciência de Deus, que estava lá nas nuvens, observando. Que coisa, resmungou Ele, enroscando a barba no indicador. Em vez desse povo ir povoar o mundo, fica construindo edifício! Até parece Copacabana! Aí, aproveitando-se para uma brincadeirinha, confundiu a língua de todo mundo. Gente, foi um Deus nos acuda. Mas, é claro, não adiantou, porque aquilo fora obra do próprio, lá do céu. A obra parou, porque ninguém se entendia. Um pedia: jogue a corda! O outro ficava com cara de bobo. Jogue a corda. E nada. Aí o sujeito perguntava: Parlevu francé? Uí, uí — apitava o outro. — Então jogue a corda, pamonha!

— Ah, isso é piada! — riu Planador.

— Claro, eu só fico imaginando a confusão... Aqui na casa da pracinha, em vez de confundir as línguas nós vamos entender, como se fosse umazinha só!

— É — disse Planador — vocês até me entendem...

— Bem — falou Hafilazundunzaptbum, esfregando as mãos com serenidade — então podemos nos preparar para receber nossos hóspedes.

Com um movimento de suas mãos, as paredes da sala começaram a se afastar. O teto foi subindo, subindo. Parecia que a casa não tinha limites e o mundo todo caberia dentro dela. A casa era o mundo todo! Depois, diante dos olhos maravilhados da turma, o mágico colocou sua cartola deitada no assoalho. Ela também começou a crescer, crescer. A boca virou um túnel.

— Agora vamos esperar que eles atendam nosso convite — falou o sorriso do mágico.

— E parece que já estão vindo, chefe. Escute só o barulho rolando do fundo da cartola!

— É mesmo.

— Parece o mar. Uma onda que vem, vem...

Chegaram. As primeiras crianças vinham correndo e crescendo do fundo da cartola, na maior algazarra. Quando saltaram fora, Planador e a turma se adiantaram para cumprimentá-las e pedir que fossem se ajeitando pelo chão, formando um círculo. E vários outros círculos foram se formando, em volta do primeiro.

— Quanta gente diferente! Acho que nem vou ficar surpreso, se aparecer um menino azul de dentro daquela cartola!

— É verdade, Piloto. É um quadro fascinante. O futuro está aqui nessa sala! — falou o mágico.

Depois de algum tempo, a cartola começou a diminuir. E o próprio Hafilazundunzaptbum foi buscá-la. Colocou-a na cabeça e, sob o olhar de milhares de crianças, foi sentar-se na cadeira da escrivaninha. A turma sentou-se perto dele e a reunião pôde começar.

— Meus filhos: todos vocês já sabem do que vem acontecendo no mundo. O objetivo dessa reunião é colher opiniões de meninos do mundo todo. Saber como as minhas desinvenções afetaram a vida do lugar onde vocês vivem. E então, juntos, nós vamos resolver o que faremos a respeito.

— Eu posso fazer uma pergunta? — indagou o garoto da Birmânia.

— Claro.

— Por que o senhor não se reuniu com os presidentes, com os imperadores, com os homens que governam o mundo?

— Porque eles governam. Mas o mundo não é deles. Podem até pretender. Mas o mundo deve ser feito para que as gerações do futuro possam viver melhor nele. E vocês são os homens do futuro. Vocês é que vão escolher o mundo em que querem viver! — respondeu o velho.

— O senhor vai parar com as desinvenções? — perguntou um russo.

— Isso quem vai resolver são vocês.

— Ora, logo agora que minha cidade estava ficando interessante — lamentou-se um norte-americano. — O senhor conhecia Nova York?

— Se...

— Pois então.

— A minha também até que merecia essas desinvenções. Era insuportável. Agora, temos espaço e segurança — falou um japonês.

Todas as crianças, de várias cidades grandes do mundo, concordavam quanto à necessidade das desinvenções.

— Mas tem um negócio. A desinvenção de muitas coisas prejudicou a vida onde moro. Minha cidade não é grande. Não tem indústrias. Não tem edifícios. Não tem engarrafamento de trânsito. É numa região agrícola que eu moro. Nós produzimos muita coisa para o consumo da capital. Acho que dezenas de outras cidades vizinhas faziam isso. Produziam para as cidades grandes. Como é que serão feitas as colheitas? Não temos mais as máquinas. Manualmente é impossível: não há gente que chegue, pois as plantações são imensas. Quem fará o transporte do alimento estocado nos armazéns, nos silos? Não temos caminhões. Trens. Tudo o que produzimos vai se perder. É um desperdício, porque tanta gente está passando fome!

Outras crianças do interior colocaram suas opiniões. De uma certa maneira, concordavam com a colocação do primeiro garoto. Os pontos de vista iam conduzindo a uma encruzilhada: as desinvenções salvaram muitas cidades do caos, da destruição, mas provocaram uma penca de graves problemas.

— A gente chegou a um impasse — sentenciou Professor Coruja.

— O senhor não pode parar — suplicou um alemãozinho.

— Não pode — gritou um egípcio.

— Minha cidade está morrendo de fome — gritou um canadense.

O mágico levantou-se de sua cadeira e pediu um pouco de silêncio.

— Está bem, meninada. Já ouvimos as opiniões. E como já concluiu nosso amiguinho aqui, chegamos a uma encruzilhada. O que eu devo fazer? Continuar a desinventar? Parar? Voltar tudo ao que era antes?

Seguiu-se um burburinho. Opiniões laterais. Era árabe falando com judeu, ugandense com tanzaniano, cubano com americano. O mágico estava novamente sentado, esperando que os meninos discutissem o problema.

— Acho que, antes do senhor fazer qualquer coisa, deveria contar pra gente por que desinventou a civilização — pediu um esquimó.

Todos apoiaram. Hafilazundunzaptbum começou a falar:

— O que me levou a desinventar o mundo foi o medo. Vocês devem achar que, puxa vida, um homem velho, barbado, com medo não fica bem e coisa e tal. Mas a verdade é essa: quanto mais eu ia vivendo, mais receio eu tinha do futuro. Aí, um dia, eu me perguntei: Hafilazundunzaptbum, meu caro, o que é que provoca esse medo tão grande no seu coração? Eu matutei... matutei e cheguei à conclusão de que eu temia o caminho tenebroso que o mundo havia escolhido. Estrada que nós íamos seguindo às cegas. A humanidade caminhava sem se preocupar com a linha do horizonte. Os poderosos pegaram as rédeas do mundo. Guiavam o mundo rumo aos seus interesses e para isso destruíam, destruíam. Não se perguntavam se futuramente tanta natureza morta iria provocar uma mudança no planeta. Se o futuro estaria ameaçado. Eram cegos. Imediatistas: importa o que eu ganho agora, diziam eles. No futuro, as pessoas que se virem! E é por causa desse pensamento antigo que hoje vivemos num mundo maluco, sujo. Um mundo que parece não ter mais solução. Que nem um velho com uma doença desconhecida e muito grave. Somos um médico que não sabe mais o que fazer, além de tomar o pulso e colocar o termômetro na boca do coitado. Quantas reuniões são feitas por ano, para que se chegue às mesmas conclusões? Vejam; temos de tomar cuidado: nós gastamos dezenas e dezenas de vezes mais para equipar um soldado que para educar uma criança. Sabemos que é mais importante educar para a vida que equipar para a morte, mas continuamos a dar armas e a queimar livros! O homem está explorando mal as terras. Tão mal que ele precisa usar adubos e inseticidas. A quantidade é tão grande que o alimento está ficando venenoso. Mas continuamos a explorar mal a terra e a usar e abusar de produtos químicos.

As crianças estão caladas, encarando seriamente a exposição do mágico. Ele fala manso. Triste, até. Parou para que a alma tomasse fôlego e logo se voltou para a multidão.

— Temos aqui muitas crianças magrinhas. São crianças de países pobres. Esses países têm muitas indústrias, mas delas a população só recebe a poluição. É injusto que tantos sofram para que poucos vivam esbanjando. Há outra fórmula para guiar o mundo. Eu queria que o homem partisse em busca dessa fórmula. Só isso.

VII

Foi feito um intervalo para um lanche. A cartola estava do tamanho de um cesto e Planador saiu com ela entre a criançada distribuindo sanduíches. Algumas mais famintas, outras nem mesmo se serviam.

— O senhor devia mandar uma cartola dessa para cada país pobre — propôs Xeretinha.

— É — riu o mágico — seria uma solução. Mas o mundo precisa aprender a resolver seus problemas.

— O mundo precisa aprender... Então é por isso que o senhor está preocupado? — indagou Piloto-das-Coisas.

— É, eu acho que estava sendo muito, muito paternalista. Isto é: eu não poderia ficar socorrendo o mundo, vigiando o tempo todo. Não posso pensar por ele. Agir por ele.

— Mas pode dar sua opinião. Afinal, o senhor também vive nele. Tem direito — falou Meia-Noite.

— Ah, isso sim. É o que a gente está fazendo aqui, né?

Depois de algum tempo, o mágico voltou a falar.

— Um dia eu estava olhando pela janela aqui da sala, quando vi esse turminha brincando. Apesar de morar numa cidade grande, ainda brincavam porque a pracinha estava salva. Mas eu me perguntei: quantas crianças não têm mais onde brincar? Vivem trancadas em apartamentos quase todas elas. O que esse menino, essa menina vai saber do mundo? Vai pensar que o mundo é um quarto de quatro paredes. Vai começar a valorizar tudo que é feito de concreto. Tudo que é apertado como um apartamento. Vai crescer e trabalhar a vida inteira para comprar um apartamento e dentro dele criar seus filhos. As crianças seriam educadas para a prisão! Não conheceriam a liberdade. Quais seriam os brinquedos dessas crianças? Aparelhos elétricos que brincariam sozinhos. O menino ligaria e bip-bip-bip: o brinquedo iria se divertir sozinho, sem se importar com o garoto. As crianças se divertiriam olhando. Não participariam. Não criariam. Isso é se divertir? Aí eu pensei aqui com meus botões: se elas não pensam quando crianças, como vão pensar quando adulta? Se não imaginam, como é que vão criar um mundo melhor? Se não sabem o que é liberdade, natureza, como é que vão lutar pela liberdade e pela natureza? Descobri que o problema estava na raiz. No tipo de educação que as crianças recebiam da sociedade. O que elas aprendiam era: olha, vocês devem estar felizes porque têm um brinquedo bonito, cheio de luzes, que faz bip-bip, que vocês podem olhar. Vocês devem ser felizes porque moram dentro de um apartamento com televisão a cores, geladeira, máquina de lavar, máquina disso, máquina daquilo, máquina, máquina. Quando se transformar numa pessoa adulta, o que essa ex-criança vai querer? Um apartamento, cheio de máquinas, um filho que faz bip-bip, uma máquina que amamenta... Sabe o que eu notei? Que o homem estava começando a fazer bip-bip e as máquinas começando a falar, a cantar, a andar. Havia uma inversão. Um dia ninguém saberia mais o que era uma máquina e o que era um homem!

— Ah! Nós visitamos um lugar assim! — gritou Deputado.

— Isso mesmo! Tinha um punhado de gente fazendo serviço de máquinas e as máquinas eram que nem gente. Tinha um menino chamado Ickis que pensava que as máquinas é que mandavam — comentou Xeretinha.

— E nós fomos parar num lugar para reparos gerais. Pensaram que a turma estivesse estragada.

— Só porque a gente pensava e falava!

O mágico riu.

— Eu sei.

— O senhor também passou por lá? Lugar mais doido! — falou Marcha-Lenta.

— Eu estava lá.

— Mesmo?!

— Estava amarrado naquela mesa de operação.

— Nossa! Era o Hafilazundunzaptbum — exclamaram todos.

— Que lugar era aquele?

— Na verdade, não existe. Poderá existir. Não existe um futuro certo, mas possibilidades. Quem sabe se não será daquela maneira? Se não impedirmos... Vocês impediram. Libertaram aquele povo que estava lá agindo como máquina. Eu faria o mesmo. Fiquei feliz por vocês agirem daquela maneira.

— Quer dizer que o lugar onde eu estive também não existe? — perguntou Piloto-das-Coisas.

— Não. Era apenas uma outra possibilidade. Suponhamos que aconteça uma guerra atômica. É possível que a poluição e a destruição levem a Terra àquilo que você viu. Ou pior.

— Era uma terra de homens estranhos. Várias partes de seus corpos estavam modificadas, para se adaptar ao clima e às outras condições do planeta. Eram grandões. Viviam em subterrâneos como os homens das cavernas. E queriam me hibernar. Congelar e deixar num lugar onde estavam milhares de outras pessoas. Eu dormiria e só despertaria quando a Terra voltasse ao que era no começo.

— Eu não deixaria que eles fizessem isso. Eu libertei você.

— Foi o senhor! Hafilazundunzaptbum era aquele mutante meu amigo!

— Eu confiava em você. Eu confio nas crianças. No futuro. Foi por essa razão que libertei você. Eu queria que você viesse e transformasse seu mundo. Pra impedir que aquela possibilidade, aquele futuro, se tornasse verdade.

— O senhor confia muito nas crianças... — comentou Planador.

— Confio. Se elas forem educadas para a liberdade, para a justiça, para o bem, o mundo será livre, justo e bom.

— Então o senhor desinventou o mundo para que nós inventássemos tudo de novo? — perguntou um romeno.

— Exatamente. Para que inventassem um novo caminho. Um caminho de progresso, não de destruição. Que adianta uma fábrica para produzir alguns bens, se ao mesmo tempo ela destrói outros? Destrói coisas às vezes mais importantes do que aquelas que fabrica!

— Não é nada inteligente — concluiu um vietnamita.

— Não é — concordou um cambojano.

— Então, por que o homem continua fazendo fábricas desse tipo? — indagou um chinês.

— Por aquilo que eu disse: o homem é imediatista. Quer lucrar rápido. Ganhar dinheiro o mais depressa possível. Tudo isso para viver feito um nababo, feito um rei, sentado em riquezas e cercado de misérias.

— A miséria de milhares de pessoas que eles prejudicaram — completou um paquistanês.

— É por causa do dinheiro que o homem envenena, sufoca a vida de milhares de semelhantes — comentou um venezuelano.

— O futuro que se dane — falou um mongol.

— Nós estamos sofrendo hoje porque houve quem agisse assim no passado. E no futuro milhões vão passar necessidade, se nós continuarmos pensando assim. Nós temos que cuidar da vida dessas pessoas! — disse um polonês.

— Isso é que seria ser civilizado! — apoiou um chileno.

— Também acho — aderiu um argentino.

— Porque não existe realmente um homem civilizado. Não acho civilizado um ser que destrói o próprio chão que lhe dá alimentos. Isso é muita burrice! — falou Hafilazundunzaptbum.

Piloto-das-Coisas contou:

— Naquele mundo onde estive, os homens já haviam destruído completamente a Terra. Tentavam com desespero recuperar o planeta.

— Vejam só: pra que esperar que tudo seja completamente destruído, para depois tentar recuperar? Por que não salvar o planeta agora, quando há muitas chances? As grandes potências, os países ricos vivem fazendo reuniões sobre armas atômicas. Precisamos acabar com as armas atômicas, diz um. Precisamos parar de fabricar bombas atômicas, diz outro. Mas ninguém pára. E todos sabem que estão mexendo com uma coisa fatal para nosso mundo. Já temos várias toneladas em armas atômicas para cada habitante da Terra. Sabem o que é isso? Somos muito mais de quatro bilhões de seres humanos sobre a face do planeta!

Toda a platéia estava impressionada com os motivos do mágico. Estava resolvida a ajudá-lo a salvar o mundo. Todas as crianças queriam encontrar a fórmula. Não havia nada mais importante no mundo que a salvação dele mesmo.

— Precisamos salvar o planeta! — bradaram os braços de um italiano.

VIII

Novamente aconteciam as discussões. Cada um falava com seu vizinho, trocando idéias. Isso se prolongou por muito tempo. A turma havia se dispersado no meio das outras crianças, para trocar idéias e chegar a uma solução. O mágico estava sentado em sua cadeira, na mesma atitude pensativa. Apesar da gravidade da discussão, entretanto, ele estava calmo, satisfeito. Quem olhasse bem poderia descobrir um sorriso viajando dentro de seus olhos. E ele ficou contemplando aquela ruidosa assembléia: uma ONU que funcionava realmente, pois ninguém estava puxando a sardinha para o seu prato. Todos visavam um objetivo comum: salvar a humanidade.

— A desinvenção da televisão, do rádio pouco influenciaram a vida em minha terra. Nós não tínhamos nada disso mesmo...

— Algumas não fizeram falta. Mas precisamos dos caminhões para transportar o que produzimos!

— Minha terra está sofrendo com uma epidemia. Se não conseguirmos logo os remédios, estaremos perdidos!

— Só sabemos do mundo através de um radioamador. Moro numa aldeia muito remota. No fim do mundo. Precisamos do rádio!

— Minha terra estava em guerra. Quando desapareceram as armas e os meios de transporte, tudo terminou. Até passamos a conviver com quem nós chamávamos de inimigo! Pensávamos que fosse um castigo de Deus. Muita coisa foi dita. Mas não havia mais guerra porque o homem não luta de mãos nuas. É um animal covarde, que só faz guerra de longe. Não suporta ver o que destrói...

— É a guerra da tecnologia, das máquinas.

— Sem máquinas, nada de guerras!

— Mas também, nada de colheitas.

— E poluição.

— E transportes.

As discussões podiam se prolongar por muito tempo. Piloto-das-Coisas sabia disso. Por onde passava, por todos os grupos que percorria, cada criança fazia uma ressalva: ora contra, ora a favor. Era a hora de se chegar a um veredicto final. A turma reuniu-se novamente junto ao mágico. Piloto-das-Coisas, apenas para confirmar, se informou do que cada um havia escutado das demais crianças. Sempre a mesma coisa.

— Acho que não há solução — disse Meia-Noite.

— Alguns exigem que as desinvenções permaneçam. Outros querem que elas percam o efeito. Outras querem mais desinvenções! — falou Marcha-Lenta.

— Eu também verifiquei isso, turma — comentou Planador.

Olharam Hafilazundunzaptbum, que esperava pelo resultado das discussões. Um silêncio foi efervescendo naquela sala infinita. Falou Piloto-das-Coisas:

— Pessoal, é impossível dizer aqui, agora: Hafilazundunzaptbum, pare com suas desinvenções. Muitas crianças pediram para que você não continue a evaporar as coisas. Outro montão pediu para que você sumisse com outras coisas que ainda ficaram. O que foi bom para um lado, deu efeito contrário no outro.

— É, seu mágico. O que a gente pode dizer é que tudo que existe pode ser bom ou mau — completou Marcha-Lenta.

— O homem inventa para o bem. Mas utiliza para coisas ruins também — comentou Meia-Noite.

— O que nós aprendemos foi o seguinte: o progresso de verdade precisa ser bem dirigido. Ele não é ruim, mas o modo como ele é conseguido é ruim — continuou Piloto-das-Coisas.

— E então... — murmurou o Mágico Desinventor.

— Daí — continuou Piloto-das-Coisas — eu penso o seguinte: para nós, a molecada, foi bom o senhor desinventar tanta coisa. Mas nossos pais estão com a vaca no brejo. A mudança foi muito violenta. Puft! Eles não sabem o que fazer. O mundo que eles criaram estava feitinho de um jeito. E só ia pra frente, só funcionava desse jeito. Eu não acredito que uma pessoa que passou anos e anos batendo carimbo vai saber fazer outra coisa além disso.

— Nossos pais estão sofrendo. Não acho certo a gente fazer tantas pessoas tristes, para fazer outras alegres. Vestir um santo e despir o outro!

— Eles não sabem mais como morar, como conseguir alimentos, como curar.

— Não sabem viver — resumiu Xeretinha.

— Se houvesse outra maneira de salvar o mundo, sem desinventar tudo...

Todos ocuparam a cachola imaginando a saída. Mas Piloto-das-Coisas tinha uma idéia para apresentar.

— Acho que a saída está naquilo mesmo que Hafilazundunzaptbum falou ainda agorinha!

— E o que foi que eu falei, Piloto?!

— Sobre acreditar nas crianças. Acho que estava certo. Nós podemos salvar o mundo, se nossos pensamentos forem educados para a justiça, para a cooperação...

— Estou entendendo...

— Hoje estamos numa noite, Hafilazundunzaptbum, mas amanhã, quando o Sol nascer...

— Mas é perfeito, Piloto-das-Coisas!

— Que bom que o senhor concorda! Eu nem acabei de dizer!

— Mas está na cara! Eu não precisava desinventar o mundo, as coisas! Eu tinha que desinventar as idéias! As idéias, criançada, os pensamentos. Os sentimentos. Isso é que importa. Não as coisas. Só mesmo uma criança para perceber algo tão claro. Só se vê uma coisa clara com os olhos puros.

— Era isso que eu ia dizer — comentou Piloto.

— É preciso viver bem o presente, criançada, pra que no futuro se tenha um passado feliz. O homem vive de lembranças. Quando vocês crescerem, vão entender melhor o que eu disse. Eu sou feliz, porque posso recordar meus tempos felizes. Eu tinha medo que vocês, no futuro, fossem tristes, por viver em tempos tristes, hoje.

— Nós sabemos que você agiu com boas intenções, Hafilazundunzaptbum. A gente faria o mesmo, se tivesse os seus poderes — apoiou Professor Coruja.

— Muito bem, acho que agora vocês podem ir para casa. Pra junto de seus pais.

— Eu morava num apartamento. Onde é que estão meus pais, agora?

— No mesmo apartamento. Tudo voltou ao normal. Como você disse, Piloto-das-Coisas, estamos numa noite. Vai ser como se num sonho. Mas amanhã de manhã, quando o Sol nascer, eu vou nascer com ele. Uma nova luz dará a volta ao mundo, iluminará todos os pensamentos. Para os adultos, tudo o que aconteceu não passará de um sonho. Mas vocês serão testemunhas de que o futuro chegou.

— E vestido de roupa nova!

— Viva o futuro! O futuro nasce amanhã!

Foi uma farra. Todos da assembléia se abraçavam, satisfeitos por terem chegado a uma solução. Uma nova desinvenção seria feita no outro dia, quando o Sol raiasse. Nada que pudesse ser visto desapareceria. Contudo, as crianças saberiam que na mente e no coração muita coisa estaria se transformando.

IX

A turma esteve com o Mágico Desinventor até que todas as outras crianças tivessem voltado para seus países, através da cartola. Mas, como todas elas, precisavam voltar para casa. Era difícil dar adeus a uma pessoa como Hafilazundunzaptbum. Entre eles e aquele mágico maravilhoso havia mais que uma amizade. Havia uma aliança para a reconstrução da vida.

— Não se preocupem. Eu estarei sempre em algum lugar. Vou me aposentar amanhã, quando o dia terminar. Quando o Sol tiver feito seu grande trabalho. Mas estarei com vocês. Sempre.

Abraçaram Planador, o coelho camarada. E um por um se despediram daquela sala, com um olhar comprido, comprido, feito chiclete, que foi se esticando até o alpendre. O portão rangeu e o relógio do Professor marcava sete horas. E um minutinho.

— Papagaio! Meu relógio está funcionando!

Entraram na pracinha e pousaram no caramanchão.

— Dá vontade de esperar o Sol nascer.

— É. Se a gente pudesse convencer nossos pais do que vai acontecer, eles até iam querer espiar a alvorada com a gente.

— Será que vai fazer barulho? Assim como se alguém estivesse abrindo um presente em papel celofane?

Todos riram da idéia do Meia-Noite.

— Não deve acontecer nada. Raio de sol não faz barulho. Mas vai fazer uma grande mudança. A mudança das idéias!

— E como foi que você teve aquela idéia, que resolveu tudo, Piloto?

— Não fui eu. O Mágico Desinventor já tinha pensado. Eu só ajudei a clarear. Ele estava muito entusiasmado com tanta gente ali. Nem notou que havia solucionado tudo.

— Tão simples, né? As coisas são como a sombra dos pensamentos!

— Como é? — indagou Deputado.

— Tudo que nós fazemos, construímos — explicou Professor Coruja — foi bolado antes. Se nós mudarmos o tipo de pensamento que está aqui dentro, vamos mudar as coisas que construímos.

— É, gente. Não vamos levantar construções que destruam a natureza, não vamos levantar fábricas que poluam os rios. Tudo vai ser projetado de modo que não atrapalhe o equilíbrio ecológico. Vamos fazer coisas que ajudem a todos.

— Acho que amanhã a gente conversa mais. Agora é hora de ir para casa.

— TAMBÉM ACHO.

— Quem é esse aí?

— Ah, é o homem da televisão de novo! — gritou Marcha-Lenta.

— NÃO SOU HOMEM DA TELEVISÃO.

— Ele é o autor — explicou Deputado.

— Autor?

— O HOMEM QUE INVENTA.

— Epa, que rolo. Um desinventa, outro inventa — resmungou Meia-Noite.

— EU INVENTEI O HOMEM QUE DESINVENTA.

— E se o mágico desinventar você? — fala Xeretinha.

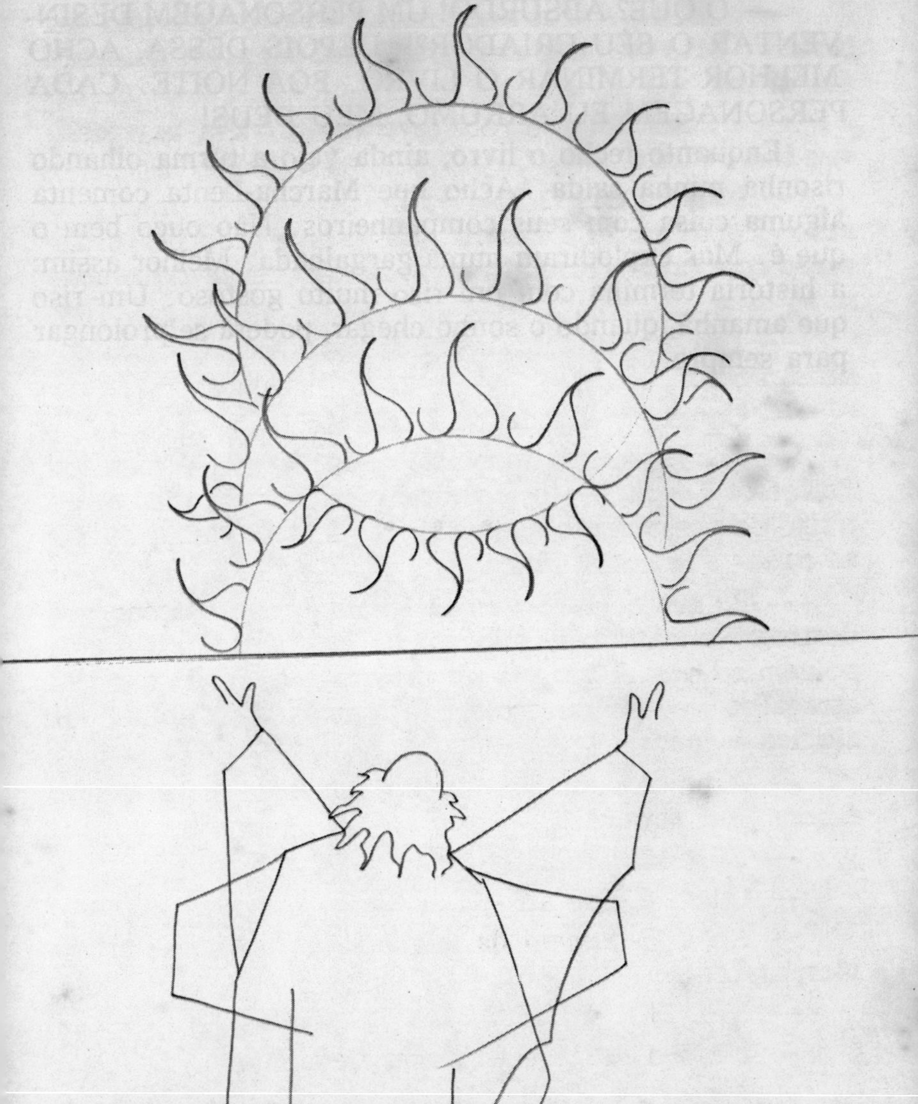

— O QUÊ? ABSURDO! UM PERSONAGEM DESINVENTAR O SEU CRIADOR?! DEPOIS DESSA, ACHO MELHOR TERMINAR O LIVRO. BOA NOITE. CADA PERSONAGEM EU ARRUMO, MEU DEUS!

Enquanto fecho o livro, ainda vejo a turma olhando risonha minha saída. Acho que Marcha-Lenta comenta alguma coisa com seus companheiros. Não ouço bem o que é. Mas explodiram numa gargalhada. Melhor assim: a história termina com um riso muito gostoso. Um riso que amanhã, quando o sonho chegar, poderá se prolongar para sempre.

* * *

Passos, 20.01.79